W9-AFR-053

MIAOU!

la courte échelle

MIAOU!

ANNIE M. G. SCHMIDT

la courte échelle

Les éditions de la courte échelle inc.
5243, boul. Saint-Laurent
Montréal (Québec) H2T 1S4

Traduction:
Olivier Séchan

Révision:
Simon Tucker

Conception graphique de la couverture:
Elastik

Mise en pages:
Mardigrafe inc.

Dépôt légal, 1er trimestre 2004
Bibliothèque nationale du Québec

Édition originale néerlandaise: *Minoes* de Annie M. G. Schmidt, publié par Em. Querido Uitgeverij b.v., 1970.

La courte échelle reconnaît l'aide financière du gouvernement du Canada par l'entremise du Programme d'aide au développement de l'industrie de l'édition pour ses activités d'édition. La courte échelle reçoit l'appui du gouvernement du Québec par l'intermédiaire de la SODEC.

La courte échelle bénéficie également du Programme de crédit d'impôt pour l'édition de livres — Gestion SODEC — du gouvernement du Québec.

Données de catalogage avant publication (Canada)

Schmidt, Annie M. G.

Miaou!

Traduction de: Minoes.

ISBN 2-89021-705-1

I. Séchan, Olivier. II. Titre.

PZ23.S3188Mi 2004 j839.3'1364 C2003-942191-0

Annie M. G. Schmidt

Annie M. G. Schmidt est originaire des Pays-Bas où son père était pasteur. Depuis 1950, elle a publié une œuvre importante de livres pour les jeunes. Elle est l'auteure jeunesse la plus lue et la plus aimée de son pays, où la presse la surnomme «la vraie reine de Hollande». Elle a reçu, en 1988, le prix Hans Christian Andersen pour l'ensemble de son œuvre.

Chapitre 1

Alors quoi, pas de nouvelles?

— Tibber ! Où est Tibber ? Quelqu'un a-t-il vu Tibber ? Le patron veut le voir ! Où est-il fourré ? Tibber !

Tibber avait parfaitement entendu, mais il s'était recroquevillé derrière son bureau, et il restait là, tremblant, en se disant : « Je ne veux pas aller chez le patron. Je n'ose pas. Je sais exactement ce qui va se passer : cette fois, je serai mis à la porte ! »

— Tibber ! Ah ! tu es là !

Pas de chance ! Ils l'avaient découvert dans sa cachette.

— Tu dois aller immédiatement chez le patron, Tibber.

Maintenant, plus rien à faire ! Il devait obéir. Tête basse, il suivit le couloir et s'arrêta devant une porte sur laquelle on lisait *Rédacteur en chef*.

Il frappa. Une voix répondit :

— Oui !

Quand Tibber entra, son patron était en train de téléphoner. Il lui montra du doigt une chaise et poursuivit sa conversation.

Tibber s'assit et attendit.

Cela se passait dans les bureaux du *Courrier de Killenbourg*, en Hollande. Tibber travaillait dans ce journal. Il écrivait des articles.

— Bon ! fit le rédacteur en chef tout en reposant l'écouteur. Je voudrais parler un peu sérieusement avec toi, Tibber.

« Ça y est… ça vient ! » pensa le jeune homme.

— Les articles que tu écris, reprit le patron, sont très gentils. Certains sont même particulièrement bien…

Tibber eut un sourire. Peut-être que ça ne se terminerait pas trop mal ?

— *Mais...*

Tibber attendit patiemment. Évidemment, il y avait un *mais*. Sinon, il ne serait pas là !

— Mais... il n'y a jamais de nouvelles dedans ! Je te l'ai déjà dit des centaines de fois. Dans tes articles, tu parles uniquement de chats !

Tibber resta silencieux. C'était la vérité. Il adorait les chats. Il connaissait tous les chats du quartier. Lui-même, il en avait un.

— Mais hier, j'ai écrit un article qui ne parle absolument pas de chats, dit-il enfin. C'était sur le printemps !

— Très juste, reconnut le patron. Sur le printemps, sur les petites feuilles qui repoussent sur les arbres. Est-ce que ce sont là des *nouvelles* ?

— Mon Dieu... en fin de compte ce sont des feuilles *nouvelles* ! protesta faiblement Tibber.

Le patron soupira.

— Écoute un peu, dit-il. Je t'aime bien. Tu es un garçon intelligent et tu sais écrire des articles intéressants. Mais nous travaillons dans un journal. Et un journal doit publier des nouvelles.

— Il y a déjà tant de nouvelles dedans ! objecta Tibber. On y parle de guerres et d'autres choses du même genre ! Et de meurtres ! Je pensais que c'était aussi très agréable pour les gens de se changer les idées en lisant parfois des histoires de chats et de petites feuilles…

— Non, Tibber. Comprends-moi bien : tu n'es pas obligé d'écrire sur les meurtres ou les attaques de banques. Pourtant, dans une ville comme la nôtre, il se passe des tas de choses intéressantes. Il suffit de savoir les trouver. Mais je te l'ai dit souvent : tu es trop timide, tu n'oses pas aborder les gens, tu n'oses pas leur poser des questions. Visiblement, tu n'es à l'aise qu'avec les chats !

Tibber ne répondit pas, car c'était la vérité. Il était timide, et quand on travaille dans un journal, on n'a pas le droit d'être timide. On doit oser aborder n'importe qui. On doit oser aller trouver un ministre, même s'il est dans son bain, et lui demander bravement :

« Dites-moi un peu ce que vous avez fait la nuit dernière. »

Un bon journaliste en est capable. Pas Tibber.

— Eh bien, reprit le rédacteur en chef, je te donne encore une chance : à partir de maintenant, tu vas écrire des articles où il y aura du nouveau. J'attends le premier pour demain midi. Ensuite, deux ou trois autres au cours de la semaine. Et si ça ne marche pas…

Tibber avait compris. Dans ce cas, il perdrait sa place.

— Au revoir, Tibber.

— Au revoir, patron.

Tibber se retrouva dans la rue. Une fine pluie tombait, et tout paraissait gris. Tibber traînait à travers la ville. Il regardait partout autour de lui, faisait attention à tout. Y avait-il quelque chose de neuf ? Il voyait des autos, des autos stationnées, des autos qui roulaient. Quelques piétons, et çà et là un chat. Mais il ne devait plus écrire sur les chats ! Finalement, mort de fatigue, il se laissa tomber sur un banc de la place du Marché-aux-Herbes, protégé de la pluie par un arbre. Une autre personne était déjà assise sur ce banc, et soudain Tibber reconnut M. Berger, son ancien instituteur.

— Tiens ! tiens ! dit M. Berger. Quelle chance de te rencontrer, Tibber ! J'ai toujours pensé que tu finirais dans un journal. Ça marche probablement très bien, n'est-ce pas ?

Tibber avala un peu péniblement sa salive et répondit :

— Ça va très bien.

— À l'école, tu écrivais toujours de si remarquables narrations, reprit M. Berger. Je pensais déjà que tu irais loin, un jour. Oui, oui, tu écris très bien.

— N'avez-vous rien de neuf à me raconter ? demanda Tibber.

M. Berger parut un peu vexé.

— Quoi ? Serais-tu devenu prétentieux ? demanda-t-il. Quand je te dis : « Tu écris très bien », tu me réponds : « N'avez-vous rien de neuf… » Ce n'est pas gentil de ta part !

— Oh ! je ne voulais pas vous être désagréable ! s'exclama Tibber en rougissant.

Il allait expliquer ce qu'il entendait par là, mais il se tut, car non loin d'eux avait retenti un aboiement furieux. Tous deux levèrent les yeux. Un gros chien-loup courait comme un fou derrière *quelque chose.* Ils ne purent pas voir ce qu'était ce *quelque chose.* Cela disparut entre des autos stationnées, et le chien fila à la suite. Immédiatement après, il y eut un violent bruissement de feuillage dans le grand orme sous lequel se trouvaient les autos.

— C'est un chat, dit M. Berger. Un chat qui s'est réfugié dans l'arbre.

— Est-ce que c'est vraiment un chat ? demanda Tibber. J'ai cru voir quelque chose de plus grand ! Et ça voletait un peu. On aurait plutôt dit un grand oiseau. Une cigogne, ou un animal de ce genre ?

— Non, mais ça voletait. Est-ce que des chats volettent ?

Ils allèrent voir. Le chien était sous l'arbre et aboyait furieusement, tête levée. Ils essayèrent de distinguer ce qui était là-haut, entre les branches, mais le chat avait complètement disparu. Si c'était un chat…

— Mars, ici !

On appelait le chien.

— Mars, ici !

Un monsieur accourait, une laisse à la main. Il accrocha la laisse au collier du chien et se mit à tirer.

— *Grrr !...* fit Mars.

Les quatre pattes raidies, il se laissa entraîner sur l'asphalte.

Tibber et M. Berger restèrent encore un moment sous l'arbre, tête levée. Et c'est alors qu'ils virent quelque chose, tout en haut, au milieu des feuilles nouvelles... Une jambe... Une jambe avec un très joli bas, et une chaussure vernie...

— Grands dieux ! Mais c'est une dame ! s'exclama l'instituteur.

— Comment est-ce possible ? demanda Tibber. Si haut ? Comment a-t-elle pu grimper si vite ?

Et voilà qu'une tête apparut. Un visage angoissé, avec des yeux inquiets, et une crinière rousse.

— Il est parti ? cria la tête.

— Oui, il est parti, répondit Tibber. Descendez donc !

— Je n'ose pas, gémit la jeune fille. C'est si haut !

Tibber regarda autour de lui. Une camionnette de livraison stationnait, toute proche. Il monta prudemment sur le toit et tendit la main, le plus loin possible. La demoiselle se mit à ramper à quatre pattes jusqu'à l'extrémité de sa branche, puis elle se laissa glisser sur la branche de dessous et saisit la main de Tibber. Tout à coup, elle parut devenir très agile. D'un bond, elle sauta sur le toit de l'auto, d'un autre bond, elle fut sur la chaussée.

— Ma mallette est tombée ! dit-elle. Vous ne la voyez pas quelque part ?

La mallette gisait dans le caniveau. M. Berger alla la lui ramasser.

— Tenez, fit-il. Votre tailleur s'est un peu sali...

La demoiselle épousseta les traces verdâtres sur sa jupe, puis elle s'exclama :

— C'était un si gros chien ! C'est plus fort que moi... il faut que je grimpe aux arbres quand un chien approche !... Encore mille mercis.

Tibber voulait la retenir et lui poser des questions, car il songeait soudain à son article… C'était tout de même là un incident très curieux, sur quoi on pouvait écrire. Mais il hésita trop longtemps. Cette fois encore il se montra timide, et déjà la jeune fille s'en allait, sa petite valise à la main.

— Quelle personne surprenante ! dit M. Berger. On dirait un chat !

— Oui, reconnut Tibber. Elle ressemble vraiment à un chat…

Tous deux la suivirent des yeux. Elle tourna au coin de la place.

— Je peux encore la rattraper ! se dit soudain Tibber.

Et, abandonnant là M. Berger, sans même lui dire « au revoir », il courut vers la petite rue où il l'avait vue s'engager. Elle marchait, là-bas… Oui, il allait l'interroger, lui demander :

— Pardon, mademoiselle, comment cela se fait-il que vous ayez si peur des chiens ? Et comment avez-vous pu grimper si vite à un arbre ?

Mais tout à coup, il ne la vit plus.

Était-elle entrée quelque part ? Pourtant, dans cette partie de la rue, il n'y avait pas de portes, rien qu'une clôture assez longue, bordant un jardin. Il n'y avait pas de porte dans cette clôture, il fallait donc qu'elle fût passée entre les barreaux. Tibber regarda dans le jardin, par-dessus la clôture. Une pelouse, des buissons, mais pas de demoiselle !

— Voyons ! elle est forcément passée par quelque porte ! se dit Tibber. Je n'ai pas bien regardé. Et la pluie redouble. Tant pis ! Je rentre chez moi.

En cours de route, il acheta deux poissons frits et un kilo de poires pour son dîner. Tibber vivait dans une mansarde, un très joli grenier, qui comportait une grande pièce où il habitait et dormait, une petite cuisine, une salle de bains, et un tout petit débarras. Il devait monter une infinité de marches pour arriver chez lui, mais une fois en haut il jouissait d'un immense panorama sur les toits et les cheminées de la ville. Son gros chat gris, Flouf, l'attendait.

— Tu as senti le poisson ! lui dit Tibber. Viens avec moi dans la cuisine, nous allons l'accommoder et le manger. Tu en auras un entier pour toi seul, Flouf. C'est peut-être la dernière fois que j'aurai pu t'acheter du poisson. Parce que, demain, je serai renvoyé ! Alors, je ne gagnerai plus un sou et nous devrons tous deux aller mendier.

— *Miaou !* dit Flouf.

— À moins que je parvienne à écrire quelque chose de nouveau, ce soir, mais il est trop tard.

Il coupa des tartines de pain, mit l'eau du thé à bouillir. En compagnie de Flouf, il mangea dans la cuisine. Ensuite, il passa dans sa chambre et s'installa devant sa machine à écrire.

« Je pourrais peut-être écrire quand même quelque chose sur cette bizarre demoiselle », pensa-t-il. Et il commença :

Cet après-midi, vers cinq heures, une dame a été poursuivie par un chien-loup sur le Marché-aux-Herbes. Prise de panique, elle s'est réfugiée dans un grand orme, tout au sommet de l'arbre. Comme elle ne pouvait plus redescendre, je lui ai tendu une main secourable. Après quoi, elle a continué son chemin et s'est glissée dans un jardin, en passant entre les barreaux d'une clôture...

Tibber relut son texte. C'était là un article vraiment *très court*, et il eut l'impression que son patron dirait : « Il s'agit encore d'une histoire de chat, mon pauvre ami ! »

Il fallait reprendre cet article. Mais d'abord un bonbon à la menthe, se dit Tibber. Ensuite, il travaillerait mieux…

Il chercha sur son bureau le rouleau de bonbons à la menthe. « Tiens ! pensa-t-il. Je croyais qu'il m'en restait un rouleau ! »

— Tu ne sais pas où je l'ai mis, Flouf ?

— *Miaou !* dit Flouf.

— Tu ne le sais pas, toi non plus ? Mais qu'y a-t-il, Flouf ? Tu voudrais sortir ? Tu as un si pressant besoin d'aller sur le toit ?

Tibber alla ouvrir la lucarne de la cuisine, et Flouf disparut dans les ténèbres, sur les toits. La pluie tombait toujours doucement, et un coup de vent froid passa à l'intérieur. Tibber retourna à sa machine à écrire. Il y glissa une nouvelle feuille blanche et recommença son article.

Chapitre 2

Un chat vagabond

Pendant que Tibber, assis dans sa mansarde, réfléchissait et se creusait la cervelle, l'étrange demoiselle n'était pas très loin de lui. À quelques rues de distance, elle se trouvait tapie au milieu des buissons d'un jardin. Entretemps, le soir était venu, l'obscurité était complète. L'herbe du jardin était trempée d'humidité.

Elle restait là, assise sur sa petite valise. Bientôt, elle fit entendre un faible miaulement, comme un appel. D'abord, il ne se passa rien. Une nouvelle fois, elle miaula doucement. Et cette fois, une réponse vint de la maison : « *Miaou ?* »

Une très vieille chatte, noire et digne, approcha lentement. Méfiante, elle s'arrêta à quelque distance des buissons.

— Tante Moortje ? chuchota la demoiselle.

La vieille chatte souffla en reculant.

— Ah ! Maintenant j'y vois ! siffla-t-elle. C'est *toi* !

— Vous me reconnaissez, tante Moortje ?

— Tu es Minoes ? Ma nièce Minoes de la rue Sainte-Emma !

— Oui, ma tante. J'ai appris que vous habitiez ici, et je suis venue vous voir…

— Je sais déjà tout, dit la vieille chatte avec irritation. J'ai appris ce qui s'est passé. Tous les chats en parlent. Comment cela a-t-il pu t'arriver, Minoes ? Toi, qui étais pourtant issue de la meilleure famille de chats de Killenbourg ! Qu'en disent tes proches parents ?

— Ils ne veulent plus me reconnaître ! répondit la jeune fille. Ils disent que ce doit être ma faute. Ma sœur me tourne la queue et…

— Chut ! fit tante Moortje. Ça se comprend. Tu as dû faire sans doute quelque chose de terrible pour être punie ainsi ! Devenir un être humain ! Quelle affreuse punition ! Non, même pour un millier de canaris, je ne voudrais pas me transformer en être humain. Dis-moi, y avait-il de la magie là-dessous ?

— Je n'en sais rien, murmura Minoes.

— Tu devrais pourtant savoir comment c'est arrivé, cette horrible transformation !

— Je sais seulement que je suis partie en étant chatte… et revenue femme !

— Incroyable ! dit tante Moortje. Mais tu devais bien y être pour quelque chose ! Tu as probablement fait quelque chose de très « antichattesque » ! Oui ? Qu'est-ce que c'était ?

— Rien. Je n'ai rien fait, autant que je sache.

— Et tu portes même des vêtements ! poursuivit tante Moortje. Tu les as eus tout de suite ?

— Je… je les ai dérobés quelque part, répondit la jeune fille. Je ne pouvais quand même pas me promener toute nue !

— Des vêtements ! Et tu as aussi une valise !... siffla tante Moortje. D'où la sors-tu ?

— Je l'ai prise, elle aussi.

— Qu'est-ce qu'elle contient ?

— Des vêtements de nuit, une brosse à dents. Un gant de toilette et du savon.

— Quoi ? Tu ne te laves donc plus avec ta salive ?

— Non.

— Alors, tout est perdu ! soupira tante Moortje. J'espérais encore que tout rentrerait dans l'ordre, mais maintenant je crains qu'il n'y ait plus d'espoir pour toi !

— Tante Moortje, j'ai faim. N'as-tu rien à me donner à manger ?

— Je regrette, mais je n'ai absolument rien. J'ai terminé ma pâtée de ce soir. Et ma maîtresse est une maniaque du rangement. Elle ne laisse rien traîner. Tout va dans le réfrigérateur.

— Est-elle gentille ? demanda Minoes.

— Oui, bien sûr. Pourquoi ?

— Est-ce qu'elle ne me prendrait pas chez elle ?

— *Non!* s'écria tante Moortje, effrayée. Quelle idée, mon enfant! Telle que tu es maintenant?

— Je cherche un toit, tante Moortje. Il faut bien que je m'abrite quelque part. Vous ne connaissez rien, ici, dans le voisinage?

— Je suis vieille, dit tante Moortje. Je ne monte presque plus jamais sur les toits et je vais rarement dans les jardins voisins. Mais je sais encore pas mal de choses. À un jardin d'ici habite le chat de l'instituteur, M. Berger. Il s'y connaît, lui. Va donc lui parler. Il s'appelle Simon, Simon le chat écolier. C'est un siamois, mais très gentil quand même...

— Et je pourrais peut-être habiter chez l'instituteur?...

— Non, non, dit tante Moortje. C'est absolument impossible. Mais Simon connaît tous les chats du quartier, et donc tous les hommes. Très vraisemblablement, il pourra te donner un tuyau.

— Merci bien, tante Moortje. Alors, au revoir. Je passerai un de ces jours...

— Si ça ne marche pas, reprit la tante, va donc voir la Jakkepoes. C'est un chat vagabond. Elle est le plus souvent sur le toit de la compagnie d'assurances. Non pas qu'elle ait bonne réputation, c'est une rôdeuse et une clocharde. Mais elle sait beaucoup de choses, simplement parce qu'elle traîne partout dans la ville.

— Merci, encore.

— Et maintenant, je rentre, dit tante Moortje. J'éprouve une grande pitié pour toi, mon enfant, mais je persiste à croire que tu es seule responsable de ce qui t'arrive. Encore un bon conseil : lave-toi avec ta salive. Lèche-toi ! C'est le commencement et la fin de toute sagesse.

Et la queue haute, tante Moortje s'en alla à travers le jardin, en direction de la maison, tandis que sa pauvre nièce ramassait sa petite valise et se glissait par un trou de la haie pour se mettre à la recherche du chat voisin.

* * *

Pour Tibber, ça n'allait pas bien du tout. Il faisait les cent pas dans sa mansarde, s'asseyait de temps à autre devant sa machine à écrire, puis déchirait rageusement ce qu'il avait tapé, et fouillait dans tous ses tiroirs pour retrouver ses bonbons à la menthe. Il avait en tête cette idée ridicule que, sans ses bonbons à la menthe, il ne pouvait ni réfléchir ni écrire. Mais entre-temps, l'heure avançait...

— Au fond, je devrais redescendre dans la rue, se dit-il, pour voir s'il ne s'est pas produit quelque part un événement quelconque, sur quoi je pourrais écrire mon article. Mais avec ce temps de chien, il n'y aura plus personne dehors !... Bizarre que Flouf reste si longtemps sur le toit. D'habitude, il rentre beaucoup plus tôt. Bah ! je crois que je vais tout simplement me coucher. Demain, j'irai trouver le patron et je lui dirai : « Je regrette, mais vous aviez raison : je ne suis pas fait pour le journalisme. » Et il me répondra : « En effet, il me semble que tu ferais mieux de changer de métier. » Et ce sera fini. Je chercherai une autre place.

Il y eut un léger bruit dans la cuisine. Le claquement de la petite boîte à ordures à pédale.

« C'est Flouf, pensa Tibber. Le fripon ! Il essaie de retirer les arêtes de poisson de la poubelle ! Et ça, bien qu'il ait mangé un poisson entier ! Je vais aller voir, sinon il renversera encore la boîte, et je serai obligé de tout ramasser. »

Tibber se leva et ouvrit la porte de la cuisine.

Il sursauta. Ce n'était pas Flouf. C'était une demoiselle, la demoiselle de l'arbre, qui fouillait avec ardeur dans la boîte à ordures. Elle ne pouvait être entrée que d'une seule façon... par la lucarne donnant sur le toit !

Dès qu'elle l'entendit, elle se retourna. Elle tenait une grande arête de poisson dans la gueule... non, non, dans la bouche !... pensa aussitôt Tibber, mais elle avait tellement l'air d'un chat errant, craintif et trempé, que le jeune homme faillit crier : « Kss ! kss ! Veux-tu filer, sale bête ! » Mais il ne dit rien.

Elle retira l'arête de sa bouche et eut un sourire aimable. Ses yeux verts étaient légèrement obliques.

— Excusez-moi, monsieur, dit-elle. J'étais sur votre toit avec votre chat, Flouf. Et ça sentait si bon ! C'est pourquoi je suis passée par la lucarne. Flouf est toujours dehors.

Elle parlait avec distinction, en personne bien élevée. Mais comme elle était trempée ! Ses cheveux roux pendaient en longues mèches, et son petit deux-pièces était à tordre et tout froissé. Soudain, Tibber eut grand-pitié d'elle. Elle avait l'air d'un petit chat qu'on vient de repêcher ! Un chat vagabond !...

— Hélas, il ne reste plus de poisson, dit Tibber, mais si vous avez grand-faim..., j'ai une souc...

Il avait failli dire une « soucoupe de lait » !

— ... un verre de lait pour vous. Et peut-être voudriez-vous des tartines de beurre ? Avec des sardines à l'huile ?

— Très volontiers, dit-elle poliment, bien qu'elle eût l'air d'avoir un appétit féroce.

— Dans ce cas, vous voudrez vous débarrasser de ça ! suggéra-t-il en montrant l'arête qu'elle tenait toujours à la main.

Elle jeta l'arête dans le seau à ordures. Puis elle s'assit timidement sur la chaise de la cuisine et regarda Tibber ouvrir une boîte de sardines.

— Pourrais-je savoir comment vous vous appelez ? demanda Tibber.

— Minoes, Mlle Minoes.

— Et moi, je m'appelle…

— M. Tibber, dit-elle. Oui, je sais.

— Vous pouvez dire simplement Tibber. Tout le monde m'appelle comme ça.

— Si vous voulez bien, je préférerais dire *monsieur* Tibber.

— Comment êtes-vous montée sur le toit ? demanda-t-il encore.

— Je… euh… Je cherchais une place…

Tibber la regarda avec stupéfaction.

— Sur le toit ?

Elle ne répondit rien. Les tartines étaient prêtes. Tibber faillit déposer l'assiette et le bol de lait sur le plancher, mais il se reprit à temps. « Elle mange vraisemblablement comme un être humain », pensa-t-il. Et c'était vrai. Elle mangea très proprement, avec une fourchette.

— Vous travaillez au journal, dit-elle entre deux bouchées, mais vous n'y resterez plus longtemps.

— Pour l'amour du ciel ! Comment savez-vous ça ? s'exclama-t-il.

— Entendu dire, répliqua-t-elle. Votre article n'a rien donné. L'article sur moi dans l'arbre. Dommage !

— Écoutez un peu, dit Tibber. J'aimerais bien savoir comment vous avez appris ça. Je n'ai parlé à personne de cet article !

Il attendit qu'elle ait fini de mâcher ses sardines. C'était sa dernière bouchée. Elle recueillit encore quelques miettes avec son index et se lécha le doigt. Puis elle ferma les yeux à demi. « Elle s'endort », pensa Tibber. Mais elle ne dormait pas. Elle restait là, regardant fixement devant elle. Et alors Tibber entendit comme un léger ronflement... C'était la demoiselle qui ronronnait !

— Je vous ai posé une question, reprit Tibber.

— Ah oui, fit-elle. Eh bien, je l'ai simplement entendu dire.

Tibber poussa un soupir. Puis il s'aperçut qu'elle frissonnait. Pas étonnant, avec ses vêtements trempés !

— N'avez-vous rien de sec à vous mettre ? demanda-t-il.

— Si, répondit-elle, dans ma valise.

Tibber vit alors qu'elle avait apporté sa petite valise. Elle l'avait déposée sous la lucarne.

— Vous devriez aller prendre une douche bien chaude, dit-il, puis mettre des vêtements secs. Sinon, demain, vous serez malade. Voici la salle de bains.

— Mille mercis, dit-elle.

Elle prit sa valise et s'y dirigea. En passant auprès de Tibber, elle se frotta la tête à sa manche en se baissant un peu.

« Elle me caresse avec sa tête ! » pensa Tibber qui recula brusquement comme s'il était agressé par un crocodile.

Lorsqu'elle eut disparu dans la salle de bains, Tibber regagna sa chambre et se laissa tomber sur une chaise.

— C'est dingue ! se disait-il. Un être étrange qui descend chez moi par la lucarne… affamé… qui ronronne et me caresse avec sa tête !

Soudain, il lui vint une idée effrayante : elle n'avait tout de même pas l'intention d'habiter chez lui ? Elle cherchait une place, avait-elle dit. Mais il était bien évident qu'elle cherchait un abri !

Comme un chat vagabond !

— Non, pas de ça ! se dit Tibber. J'ai déjà un chat. Je suis très heureux de vivre seul et d'être mon propre maître. D'ailleurs, je n'ai qu'un seul lit. Quelle stupidité de l'avoir laissée se doucher !

Sur ces entrefaites, elle revint, entra dans la chambre.

— Ah ! tu vois ? se dit Tibber. Est-ce que je n'avais pas deviné ?

Elle était là, en pyjama, sa robe de chambre jetée sur les épaules, les pantoufles aux pieds.

— Pourrais-je me sécher auprès du poêle, s'il vous plaît ? demanda-t-elle.

— Euh… oui, vous pouvez, répondit Tibber. Mais je voudrais tout de suite vous dire que… que…

— Que quoi ?

— Écoutez, *mademoiselle* Minoes, en ce qui me concerne, vous pouvez, si vous le désirez, rester une petite heure ici, ou à peu près, mais vous ne pouvez pas y passer la nuit !

— Oh ! non ?

— Non, *mademoiselle* Minoes, je regrette. C'est absolument impossible.

— Oh ! fit-elle. Même pas pour une *seule* nuit ?

— Non, je n'ai pas de lit pour vous.

— Je n'ai pas besoin de lit. Là-bas, dans le débarras, il y a un grand carton, très beau, dans lequel étaient emballées des conserves...

— Dans un carton ? demanda Tibber. Vous voulez dormir dans une boîte en carton ?

— Oh, oui, si vous y mettez un journal bien propre.

Tibber secoua la tête, avec obstination.

— Je vous donnerai de l'argent pour aller à l'hôtel, dit-il. Il y en a un dans le voisinage.

Il tira son porte-monnaie, mais elle refusa son geste.

— Oh, non, pas la peine. Si ce n'est vraiment pas possible, je préfère m'en aller. Je remets mes affaires mouillées et je pars immédiatement.

Elle était debout devant lui, si lamentable, l'air si désolé, et dehors, on entendait la pluie et le vent. Avec un temps pareil, on ne pouvait tout de même pas renvoyer un pauvre chat sur le toit !

— C'est bon, mais rien que pour une nuit, consentit Tibber.

— Je peux dormir dans le carton ?

— D'accord, mais à une condition : vous me racontez comment vous avez appris toutes ces choses sur moi : qui je suis, où je travaille, et quelle sorte d'article j'ai essayé d'écrire.

Ils entendirent un bruit sourd dans la cuisine. C'était Flouf qui revenait enfin de sa promenade sur les toits. Il pénétra d'un bond dans la pièce, sa fourrure toute mouillée.

— C'est lui qui m'a tout appris, commença Mlle Minoes en montrant Flouf. Il m'a tout dit sur vous. J'ai d'ailleurs parlé avec pas mal de chats du voisinage. Ils ont tous déclaré que vous étiez le plus gentil des hommes.

Tibber rougit. Il se sentit plutôt flatté.

— Vous… vous avez parlé avec des chats ? demanda-t-il.

— Oui.

« Quelle absurdité ! pensa Tibber. Cette fille doit être un peu folle ! »

— Et… euh… Comment se fait-il que vous puissiez parler avec des chats ?

— J'en étais un moi-même, dit-elle. Une chatte.

« Complètement folle ! » pensa Tibber.

Mlle Minoes était venue s'asseoir devant

le poêle, à côté de Flouf. Tous deux avaient pris place sur le tapis, et Tibber les entendit soudain ronronner entre eux. Un son tout à fait paisible. Allait-il quand même écrire son article sur l'étrange visiteuse ? se demanda le jeune journaliste…

Cette nuit, j'ai hébergé sous mon toit une dame ronronnante qui était entrée chez moi par la lucarne du grenier et qui, interrogée, m'a déclaré qu'elle était auparavant une chatte…

Le jour même, il serait flanqué à la porte du journal !… pensa Tibber. Il les entendait maintenant qui parlaient entre eux, la demoiselle et son chat. Ils ronronnaient doucement.

— Que vous raconte Flouf, en cet instant ? demanda-t-il pour plaisanter.

— Il dit que vos pastilles de menthe sont dans un pot à confiture, sur la plus haute planche de votre étagère à livres. C'est vous-même qui les avez placées là-haut.

Tibber se leva pour aller regarder. C'était exact.

Chapitre 3

La Jakkepoes

— Et pourtant, je ne peux croire que vous parliez vraiment avec les chats ! s'exclama Tibber. C'est quelque chose d'autre. Une sorte de transmission de pensée…

— Peut-être, fit Mlle Minoes, rêveusement.

Elle bâilla.

— Je vais dans mon carton. Puis-je prendre ce vieux journal ?

— Êtes-vous sûre de ne pas avoir besoin d'une couverture ou d'un coussin ?

— Oh, non, je n'ai besoin de rien. Flouf aime mieux dormir sur vos pieds, je l'ai entendu dire. Chacun ses préférences. Dormez bien !

— Bonne nuit, *mademoiselle* Minoes.

Sur le seuil, elle se retourna.

— En chemin, dit-elle, j'ai appris quelques petites nouvelles ! Ici, dans le voisinage, sur les toits...

— Des nouvelles ? Quoi donc ?

— Une chatte, appelée la Jakkepoes, va encore avoir des petits, prochainement.

— Oh ! fit Tibber. Je regrette, mais je n'ai plus la permission d'écrire sur les chats. On trouve que ce n'est pas assez intéressant.

— Dommage !

— Pas appris d'autres nouvelles ?

— La seule, c'est que M. Berger est très, très triste.

— M. Berger ? Vous voulez parler de l'instituteur ? J'ai justement bavardé avec lui, aujourd'hui même. C'est avec lui que je vous ai aidée à descendre de l'arbre. Il ne m'a pas semblé particulièrement triste.

— Eh bien, si, il l'est.

— Ça ne m'a pas l'air d'une nouvelle intéressante, remarqua Tibber. Est-il de mauvaise humeur ou quoi ?

— Dans une semaine, cela fera vingt-cinq

ans qu'il est instituteur principal dans cette école, expliqua Mlle Minoes. Il espérait que l'on organiserait une petite fête, une fête en son honneur. Mais non, rien !

— Et pourquoi n'y a-t-il pas de fête ?

— Parce que personne ne le sait. Tout le monde l'a oublié. Il croyait que les gens s'en souviendraient, mais personne n'y a songé.

— Il n'a qu'à le leur rappeler lui-même !

— Il n'en fera rien. Il est têtu pour ça. C'est Simon le chat écolier qui me l'a dit.

— Simon le chat écolier ? C'est son chat siamois.

— Exactement. J'ai parlé avec lui, et c'est lui qui m'a tout raconté. Maintenant, je vais dans mon carton.

Elle fit encore « *Mraou !* » à Flouf, et celui-ci répondit « *Mraou !* », ce qui signifiait vraisemblablement : « Dors bien ! »

Tibber prit son annuaire téléphonique. Quoique l'heure fût déjà très avancée, il composa le numéro de M. Berger.

— Je m'excuse de vous appeler si tard, dit-il précipitamment, mais je viens d'apprendre que vous allez sous peu fêter… Cela fait vingt-cinq ans que vous êtes instituteur principal. Exact ?

Il y eut un long silence à l'autre bout du fil. Puis M. Berger répondit :

— Tout de même ! Il y a des gens qui y ont pensé !

« Non, des chats… » faillit corriger Tibber. Mais il ravala ses mots.

— Naturellement ! dit-il d'un ton enthousiaste. Comment pourrait-on l'oublier ? Vous serez certainement d'accord si j'écris un petit article sur vous ?

— Je trouverai cela particulièrement gentil de votre part, répondit M. Berger.

— Puis-je passer rapidement chez vous ? Il est très tard, mais je voudrais remettre l'article dès demain matin. Quelques détails sur votre vie, sur l'école…

— Venez donc, fit M. Berger.

* * *

Il était trois heures du matin quand Tibber rentra chez lui. Il avait rempli un carnet de renseignements sur la vie et l'œuvre de M. Berger.

Il traversa la mansarde sur la pointe des pieds, et, avant d'aller s'asseoir devant sa machine à écrire, il jeta un coup d'œil dans le débarras.

La demoiselle était roulée en boule dans son carton. Elle dormait.

« Elle m'a sauvé ! pensa Tibber. J'ai mon article, et il ne me reste plus qu'à l'écrire. »

Lorsqu'il alla se coucher, il confia à Flouf, tout ensommeillé :

— Demain, je le remettrai. C'est un excellent article. Et il contient de vraies nouvelles.

Flouf se coucha sur ses pieds et se rendormit.

« Je la remercierai demain, cette étrange Minoes », se promit Tibber, et il s'endormit lui aussi.

Mais quand il se leva, le lendemain matin, elle avait disparu. Le carton était vide ; il y avait de nouveau un journal propre à l'intérieur, et tout était soigneusement rangé. Plus de vêtements, plus de valise.

— Est-ce qu'elle a dit quelque chose avant de partir, Flouf ?

— *Rrraou !* fit Flouf, mais Tibber ne le comprit pas.

« Eh bien, pensa-t-il, j'avoue que je suis assez content ! J'ai de nouveau ma mansarde pour moi tout seul ! »

Puis il aperçut son article sur la table.

— Formidable ! s'écria-t-il à haute voix. Je vais aller au journal en apportant enfin *quelque chose* ! On ne me mettra pas à la porte... Du moins... j'aurai un jour de sursis...

Mais sa joie s'effaça à l'idée que, dans la soirée, il errerait de nouveau solitaire dans la ville...

Soudain, il sentit une odeur de café. Il alla dans la cuisine et vit qu'elle avait préparé le café pour lui. Elle avait également fait la vaisselle. Comme c'était gentil de sa part !

La lucarne était ouverte. La demoiselle vagabonde était partie par là.

— Par bonheur, il fait beau temps, se dit Tibber. Elle ne sera pas obligée d'errer sous la pluie.

Allait-elle de nouveau retrouver des chats pour bavarder avec eux ? Si elle était restée ici... s'il l'avait recueillie... peut-être aurait-elle pu lui apporter chaque jour des nouvelles… Il eut une soudaine envie de l'appeler par la lucarne, sur les toits : « Minet ! Minet ! Minet !… Minoes ! »

Mais il se retint. « Peuh ! Espèce de sale égoïste ! » se reprocha-t-il. C'est uniquement par intérêt que tu voudrais garder chez toi cette demoiselle-chatte. Quel vilain trait de caractère ! Tâche de l'oublier et cherche toi-même des nouvelles fraîches ! Et sois moins timide. D'ailleurs, elle a dû partir pour de bon et elle est probablement très loin d'ici. »

Mais à cet instant, Mlle Minoes était toute proche. Perchée sur le toit de la compagnie d'assurances, le plus haut toit du quartier, elle s'entretenait avec la Jakkepoes, que l'on appelait souvent la Clocharde.

La Jakkepoes portait ce surnom à cause de sa propreté douteuse, de sa fourrure élimée, de ses pattes presque toujours sales. Sa queue, très mince, s'effilochait. Il lui manquait un morceau de l'oreille gauche, et la couleur de son poil était terne.

— Il paraît que tu attends bientôt des petits ! lui disait Mlle Minoes.

— Ça, je m'en fiche pas mal, répondait la

Jakkepoes. Parfois, je crois que je n'en finirai jamais. Toute ma vie n'est rien d'autre que portées sur portées !

— Combien d'enfants as-tu déjà ? demanda Mlle Minoes.

La Jakkepoes se gratta longuement.

— Du diable si je le sais ! répondit-elle.

Elle ne mâchait pas ses mots, en véritable chat vagabond.

— Laisse tomber ! Pas la peine de t'occuper de ça ! reprit-elle. Ton cas est beaucoup plus grave. Comment est-ce possible ? Comment cela a-t-il pu t'arriver ?

Elle posa sur Minoes le regard inquiet de ses yeux jaunes.

— Si seulement je le savais ! soupira Minoes. Et devines-tu ce qu'il y a de pire ? Si seulement j'étais *complètement* un être humain ! Mais je ne le suis qu'à *moitié*.

— Tu as pourtant l'air d'une femme, de la tête aux pieds.

— Je veux dire : *intérieurement*, expliqua Minoes. J'ai encore presque toutes les habitudes d'un chat... Je ronronne, je siffle de rage, je me frotte la tête contre les gens... Il n'y a que pour me laver que j'emploie maintenant un gant de toilette. Quant à savoir si je m'intéresse toujours aux souris... il faudra que j'essaie !

— Connais-tu encore le grand *Hymne Miaou-Miaou* ? demanda la Jakkepoes.

— Oui, je crois.

— Chante-m'en donc deux ou trois mesures.

Minoes ouvrit la bouche, et il en sortit une affreuse plainte rauque, comme en poussent les chats par un beau soir de printemps...

Aussitôt, la Jakkepoes joignit sa voix à celle de Minoes, et toutes deux hurlèrent à tue-tête. Elles continuèrent jusqu'à ce qu'une lucarne s'ouvrît, dans le voisinage, et qu'une main leur lançât une bouteille vide. Elle tomba entre elles, et vola en éclats. Toutes deux s'éclipsèrent au plus vite.

— C'est bon, ça marche ! s'écria joyeusement la Jakkepoes. Tu veux que je te dise quelque chose ? Ça va passer ! Tout s'arrangera pour toi. Quand on chante aussi bien, aucun problème ! Touche un peu ta lèvre supérieure. Tu ne sens pas repousser ta moustache ?

Minoes tâta :

— Non, rien.

— Et ta queue ? Comment est-elle ?

— Complètement disparue.

— Et tu n'y touches pas, de temps en temps, pour voir si elle repousse ?

— Si, bien sûr. Mais rien du tout. Pas le moindre bourgeonnement.

— As-tu un logis ? demanda encore la Jakkepoes.

— Oui, je le pensais, mais je ne crois plus que ça ira.

— Chez qui ? Chez le gamin du journal ?

— C'est ça. J'ai laissé ma valise tout près de chez lui, derrière une cheminée, dans une gouttière.

— Tu ferais mieux de vagabonder, c'est la vie idéale, lui conseilla la Jakkepoes. Viens avec moi, je te présenterai un tas d'enfants à moi. La plupart d'entre eux ont très bien réussi dans la vie. L'un de mes fils est le chat de la cantine de l'usine. Et une de mes filles est chatte municipale. Elle habite à l'hôtel de ville. Et puis il y a encore…

— Chut ! Silence ! fit Minoes.

Elles se turent. Par-dessus les toits, une

voix résonnait : « Minet, Minet, Minoes ! »

— Le voilà, murmura Minoes. C'est lui qui m'appelle.

— N'y va pas ! siffla la Jakkepoes. Reste chat vagabond ! Reste libre ! Sinon, dans un mois, il te mènera chez le vétérinaire pour te faire faire une piqûre !

Minoes hésitait encore.

— Je crois quand même que je vais y aller, dit-elle enfin.

— Tu es folle ! répliqua la Jakkepoes. Viens avec moi. Je connais une vieille caravane, par là-bas, dans un stationnement. Tu pourras t'y abriter, et y attendre en toute tranquillité d'être redevenue chatte.

— *Minet, Minet, Minet ! Minoes !*

— J'y vais, décida Minoes.

— Non, reste ici, réfléchis. Si tu as une portée de petits... ils te la noieront !

— *Minou, Minou ! Mademoiselle Minoes !* appelait la voix.

— Je passerai bientôt te voir, promit Mlle Minoes. Ici, sur ce toit. Au revoir !

Elle sauta sur un toit voisin, plus bas, grimpa lestement sur un toit en pente raide, puis se laissa glisser de l'autre côté. Elle rampa à quatre pattes tout le long de la gouttière, saisit sa valise et, quelques instants plus tard, elle apparaissait dans la lucarne de la cuisine.

— Me voilà ! fit-elle simplement.

— Entrez donc ! dit Tibber.

Chapitre 4

L'agence de presse des chats

— Assieds-toi, Tibber, dit le rédacteur en chef.

Tibber s'assit. Cela faisait exactement une semaine qu'il s'était assis sur cette même chaise et avait cligné des yeux sous la lumière crue. Ce jour-là, la conversation avait été très désagréable. Aujourd'hui, tout était différent.

— Je ne sais pas ce qui t'arrive, commença le patron, mais tu es complètement transformé, Tibber. La semaine dernière, j'ai failli te mettre à la porte, tu sais ? Je voulais te licencier, oui, c'est certain. Enfin, tu as bien dû le remarquer. Puis j'ai voulu te donner encore une dernière chance, et voilà qu'en une seule semaine, tu m'apportes toutes sortes de nouvelles intéressantes. Tu as été le premier à nous signaler les vingt-cinq ans d'enseignement de M. Berger. Et tu as été le premier informé pour la nouvelle piscine. C'était pourtant tenu secret ! Tu l'as quand même découvert !... Je me demande *comment* tu as pu connaître ce projet !

— Eh bien... euh... fit Tibber. J'ai parlé avec les uns et les autres...

Ce « les uns et les autres » représentait uniquement Minoes. Et Minoes avait appris la chose par la chatte de l'hôtel de ville qui assistait toujours aux séances à huis clos du conseil municipal.

— Il y a eu aussi ton reportage sur le trésor de l'église, reprit le patron. Une cruche, remplie de monnaies anciennes, déterrée dans le jardin de l'église. De nouveau, tu as été là avant tout le monde, de nouveau tu as été le premier !

Tibber eut un sourire modeste. C'était l'une des filles de la Jakkepoes qui lui avait apporté cette information : Œcuménie, la chatte du pasteur. Elle avait découvert elle-même le vase plein d'anciennes monnaies, alors que, pour de simples raisons d'hygiène, elle grattait le sol afin d'y enfouir ses petits besoins. Tibber s'était précipité chez le marguillier et lui avait tout raconté. Puis il avait aussitôt écrit un article sur ce sujet.

— Continue comme ça, Tibber ! dit le patron. J'ai bien l'impression que tu es maintenant guéri de ta timidité !

Tibber rougit. C'était malheureusement inexact. Il était toujours aussi timide qu'auparavant. Toutes ces nouvelles, il les avait obtenues par des chats, et il n'avait simplement eu qu'à les rédiger. Ou plutôt... non, très souvent, il avait dû vérifier d'abord si ce que lui racontaient les chats était parfaitement *vrai.* Mais pour cela, il suffisait le plus souvent d'un simple coup de téléphone. « J'ai appris, monsieur, qu'il se passe ceci ou cela... comme ceci ou comme cela... Est-ce exact ? » Jusqu'à présent, les chats n'avaient jamais menti.

Il faut savoir aussi qu'il y avait à Killenbourg un nombre fantastique de chats. Dans chaque maison, on en comptait un ou plusieurs. À l'instant même, l'un d'eux était perché sur l'entablement de la fenêtre du bureau directorial. C'était le matou du journal. Il adressa un clin d'œil à Tibber. « Ce chat entend tout ! » pensa Tibber, un peu gêné. J'espère qu'il ne racontera rien de mal sur moi !

— Et j'ai donc songé, poursuivit le rédacteur en chef, à te donner une augmentation à la fin de ce mois…

— Merci beaucoup, patron, c'est très gentil, répondit Tibber.

À la dérobée, il regarda le Chat-de-la-rédaction, et il se sentit rougir de nouveau. Dans le regard de l'animal, il y avait une sorte de mépris glacé. Sans doute trouvait-il Tibber beaucoup trop servile et lèche-bottes !

Un peu plus tard, dans la rue, sous le gai soleil, le jeune journaliste se sentait si soulagé qu'il en aurait sauté de joie. Et il cria « salut ! » à la première personne connue qu'il rencontra. C'était Bibi, une fillette du voisinage qui venait parfois lui rendre visite.

— Tu veux une glace ? lui demanda Tibber. Viens, je vais t'offrir une double portion.

Âgée de dix ans, Bibi allait en classe chez M. Berger. Elle raconta à Tibber qu'on avait organisé un concours de dessin et qu'elle comptait faire un grand tableau.

— Qu'est-ce que tu vas dessiner ? demanda Tibber.

— Un chat.

— Tu aimes bien les chats ?

— J'aime tous les animaux, répondit l'enfant, en léchant sa glace à la fraise.

— Quand tu auras fini ton dessin, viens me le montrer, lui dit Tibber.

Puis il rentra chez lui.

Cela faisait déjà une semaine que Mlle Minoes habitait chez Tibber et, dans l'ensemble, tout allait fort bien. À vrai dire, cela revenait au même que s'il avait eu deux chats au lieu d'un.

Minoes dormait dans son carton, et le plus souvent pendant la journée. Le soir, elle passait sur le toit par la lucarne. Puis elle traînait sur les toits ou dans les jardins des villas, elle parlait avec beaucoup de chats du quartier, et elle ne rentrait à la maison qu'au petit matin, pour se coucher dans son carton.

Le plus important, c'est qu'elle se chargeait de recueillir des nouvelles. Les premiers jours, ç'avait été Flouf qui avait cherché des informations avec ardeur. Mais Flouf n'était pas un vrai chat chasseur de nouvelles. La plupart du temps, il ne rapportait que des récits assez confus sur des batailles de chats, ou sur un rat dans le quartier du port, ou encore sur une tête de hareng qu'il avait trouvée quelque part. Il s'occupait rarement des affaires humaines.

Non, le grand fournisseur de nouvelles, c'était la Jakkepoes. Elle savait tout. Cela venait du fait que c'était un chat vagabond et qu'elle allait voler son bifteck chez des gens de tous les milieux, et aussi du fait qu'elle avait une famille très nombreuse. Dans tous les coins de la ville, on trouvait des enfants et des petits-enfants de la Jakkepoes.

La nuit, Minoes allait la rejoindre sur le toit de la compagnie d'assurances, et, chaque fois, elle lui apportait du poisson dans un sac en plastique.

— Merci, disait alors la Jakkepoes. Ma fille, la Chatte-municipale, t'attend devant l'hôtel de ville. Elle est perchée sur l'un des lions de pierre, devant l'entrée, et elle a une petite nouvelle pour toi.

Ou bien :

— Le chat du boucher veut te raconter quelque chose. Il t'attend dans le troisième jardin à gauche, en partant de ce marronnier…

Même la nuit, Minoes descendait alors par l'échelle d'incendie de la compagnie d'assurances, sautait dans la cour intérieure, et sortait dans la rue par une porte de derrière. De là, elle se rendait à l'endroit indiqué, où un chat ou une chatte l'attendait.

— Bientôt, lui annonça un soir la Jakkepoes, nous devrons nous rencontrer ailleurs. Je sens que mes petits vont naître; je devrai alors rester auprès de ces avortons et ne pourrai plus monter sur les toits. Mais ça ne fait rien. L'agence de presse subsistera. Tous les chats sont dans le secret. Ils savent tous que ton maître cherche des nouvelles, et ils ouvrent l'œil. Ils entendent et surveillent tout, et ils se passent les informations l'un à l'autre.

— Où tes petits vont-ils naître? demanda Minoes. Tu as trouvé un coin confortable?

— Je ne sais pas encore, dit la Jakkepoes. Mais on verra bien.

— Tu ne veux pas venir chez nous ? Dans la mansarde ?

— Pas question ! s'écria la Jakkepoes. Mon bonheur, c'est d'être libre. Laisse tomber !

— Mon maître est très gentil, assura Minoes.

— Je le sais. C'est un brave garçon, dans la mesure où les hommes peuvent l'être… mais je ne fais pas grand cas de cette espèce. Tant qu'ils sont enfants, ça va encore… certains… Tu connais Bibi ?

— Non.

— Elle fait mon portrait, dit la Jakkepoes. Elle me dessine. Et telle que je suis, avec mon gros ventre, elle me trouve belle ! Est-ce que ce n'est pas là quelque chose qui fait réfléchir ? Mais bon ! je te ferai savoir où je me trouverai le moment venu. Quelque part en ville, quelque part près d'une radio…

— Pourquoi près d'une radio ?

— Parce que j'aime mieux mettre mes enfants au monde dans une ambiance musicale, répondit la Jakkepoes. Ça rend la chose plus facile, et plus gaie. Ne l'oublie pas lorsque ce sera ton tour !

* * *

Quand Minoes rentrait à la maison avec telle ou telle nouvelle, et racontait comment elle l'avait recueillie, Tibber s'exclamait :

— Quelle organisation ! L'un passe la nouvelle à l'autre... C'est une sorte d'agence de presse des chats !

— Je n'aime pas beaucoup cette expression ! disait Minoes, hésitante. Agence de presse des chats... ça me fait penser à un pressoir... Des chats pressés comme des citrons !

— Mais non ! Ce n'est pas une « agence pour presser des chats »... c'est un service de presse organisé par les chats !

Pour Tibber, cet arrangement signifiait le salut. Une véritable aubaine !

Un soir, en rentrant chez lui, il trouva Minoes accroupie dans un coin de la mansarde. Elle restait là, silencieuse, observant un petit trou au bas du mur, juste au-dessus du plancher.

— *Mademoiselle* Minoes ! Encore une chose dont vous devrez perdre l'habitude ! cria Tibber. Être tapie devant un trou de souris. Fi donc ! Une dame ne fait pas ça !

Elle se leva et frotta sa tête contre lui, caressante.

— Ça non plus, ce n'est pas correct, dit Tibber, avec un soupir. Une dame ne se frotte pas contre les gens. J'aimerais bien que vous abandonniez tous ces penchants… « chattesques » !

— Le mot n'est pas joli… On dit « félins ».

— Bon, disons félins : mais j'ai le sentiment que vous devenez de plus en plus chatte… ou féline. Il vaudrait beaucoup mieux que vous fréquentiez davantage des hommes et pas seulement des chats. Vous devriez aller un peu moins sur les toits, et un peu plus dans la rue, en plein jour.

— Je n'ose pas, monsieur Tibber ! J'ai peur des gens.

— Sottise ! Qui donc a peur des gens ?

Elle le considéra un instant de ses longs yeux légèrement obliques, puis se détourna, gênée.

« Comment puis-je dire une chose semblable, pensa Tibber, alors que moi-même, je suis si timide et si craintif ! et que moi aussi, je fréquente plus volontiers les chats que les hommes ! »

Mais il décida de rester sévère.

— Hé là ! Que vois-je encore ? cria-t-il.

Minoes se lavait. Elle léchait son poignet puis se le passait, mouillé, derrière les oreilles.

— C'est un comble ! Quelle honte ! Pouah ! cria Tibber.

— C'est seulement parce que je... euh... balbutia Minoes... parce que j'espère que ça ira plus vite...

— Que ça ira plus vite ? Pour se laver ?

— Non, ça va plus vite sous la douche. Mais c'est pour redevenir chat... J'ai toujours l'espoir que... Je voudrais bien redevenir une chatte !

Tibber se laissa tomber sur un banc.

— Écoutez, dit-il. J'aimerais bien que vous cessiez vos absurdités. Vous n'avez jamais été chatte, c'est de l'imagination, vous l'avez rêvé.

Elle ne répondit rien.

— C'est vrai, reprit Tibber. Tout cela est absurde.

Minoes se leva en bâillant.

— Qu'allez-vous faire ? demanda-t-il.

— Je vais dans mon carton, lança-t-elle.

Flouf vint se frotter contre ses jambes, et, en compagnie du vieux chat gris, Minoes se rendit dans le coin de la mansarde où se trouvait son carton.

Tibber lui cria méchamment :

— Et si vous étiez vraiment un chat… de qui étiez-vous le chat ?

Pas de réponse. Il entendit un léger ronronnement, une conversation en langage chat… ou « chattesque ». Deux chats bavardant derrière la porte du débarras !

Chapitre 5

La secrétaire

Un jour, à midi, alors que Tibber remontait l'escalier menant à sa mansarde, il entendit, venant d'en haut, des cris furieux. On aurait dit deux chats qui se battaient.

Quatre à quatre, il gravit le reste de l'escalier et déboucha dans sa chambre.

Il y avait de la visite. Mais il ne s'agissait pas d'un paisible invité venant prendre une tasse de thé.

La petite Bibi était assise par terre; en face d'elle, Minoes, également accroupie sur le plancher. À côté, une petite boîte vide. Toutes deux avaient posé la main sur quelque chose, et elles criaillaient à qui mieux mieux.

— Qu'est-ce qu'il y a ? Qu'est-ce que vous tenez là ? cria Tibber.

— Lâche ça ! hurla Bibi.

— Mais qu'est-ce qui se passe ? demanda de nouveau Tibber. *Mademoiselle* Minoes ! Voulez-vous, s'il vous plaît, lâcher ça tout de suite !

Minoes leva les yeux vers lui. Elle avait l'air plus chatte que jamais...

Dans son regard se lisait quelque chose de méchant, de cruel, et elle ne leva pas sa main. Au contraire, elle enfonça plus profondément ses ongles pointus dans ce *quelque chose.*

— Lâchez ça, j'ai dit ! fit Tibber en lui assénant une claque très sèche sur le bras.

Elle recula d'un bond, siffla de rage, mais lâcha prise. L'instant d'après, elle griffait Tibber très douloureusement, en plein sur le nez.

Alors Tibber vit ce que c'était : une souris blanche, heureusement restée saine et sauve.

Bibi ramassa tendrement la souris et la remit dans sa boîte, mais elle pleurait encore de frayeur et d'indignation.

— C'est *ma* souris ! sanglotait-elle. Je voulais juste la lui montrer un peu, et voilà qu'*elle* a sauté dessus ! Je m'en vais. Je ne reviendrai plus jamais ici.

— Attends un peu, Bibi, dit Tibber. Ne file pas tout de suite. Écoute donc : voici Mlle Minoes. C'est ma… ma…

Il réfléchit une seconde.

— C'est ma secrétaire et elle n'avait absolument pas de mauvaises intentions. Au contraire… elle *adore* les souris !

Minoes s'était relevée et regardait la boîte refermée. Certainement, elle *adorait* les souris, mais pas à la façon dont l'entendait Tibber.

— N'est-ce pas, *mademoiselle* Minoes ? demanda Tibber d'un ton sévère. Vous ne vouliez faire aucun mal à cette pauvre souris ?

Minoes inclina la tête et tenta de la frotter à sa manche, mais Tibber s'écarta d'un pas.

— Qu'est-ce que tu as apporté d'autre ici, Bibi ? demanda-t-il à la fillette, en montrant une grosse boîte avec une fente comme une tirelire.

— Je passais avec ma boîte pour faire la quête, répondit Bibi. C'est pour le cadeau. Le cadeau pour M. Berger. Oh ! vous avez du sang sur le nez !

Tibber s'essuya le nez. Sa main était tachée de sang.

— Ça ne fait rien, dit-il. Je vais te donner quelque chose pour ta collecte, Bibi.

— Et je venais aussi vous montrer mon dessin, dit Bibi.

Elle déroula une grande feuille de papier et Tibber et Minoes s'exclamèrent en même temps :

— C'est la Jakkepoes ! Comme elle est ressemblante !

— C'est pour le concours de dessin à l'école, reprit Bibi. Je voulais votre avis.

— Magnifique, dit Tibber, qui sentit une goutte de sang glisser le long de son visage. Si je vais un instant dans la salle de bains pour y chercher du sparadrap, ajouta-t-il rudement, j'espère que vous saurez vous maîtriser *un instant*, *mademoiselle* Minoes !

Il déposa la boîte avec la souris sur son bureau, lança à Minoes un regard menaçant, puis sortit de la chambre à reculons.

Tout en fouillant dans son armoire à pharmacie, il tendait l'oreille. D'une seconde à l'autre, un nouveau cri pouvait s'élever. « J'ai une secrétaire, pensait-il. Ça sonne très bien, ça fait très chic. Mais c'est une secrétaire qui dévore les souris blanches des gentils enfants, quand elle en a l'occasion ! »

Avec un emplâtre sur le nez, il revint en hâte dans la chambre. À son grand étonnement, Minoes et Bibi étaient devenues amies en ce bref laps de temps. La boîte avec la souris trônait toujours sur son bureau.

— Est-ce que je peux visiter le grenier ? demanda Bibi. Tout le grenier ?

— Naturellement, dit Tibber. Tu peux aller partout. J'ai encore un autre chat... euh... je veux dire : j'ai *aussi* un chat. Il s'appelle Flouf. Mais il est installé dehors. *Mademoiselle* Minoes, voudriez-vous montrer le grenier à Bibi ? Moi, je dois travailler.

Tandis que Tibber était assis à son bureau, il les entendait bavarder toutes deux, derrière la porte du débarras. Il était ravi que Minoes ait trouvé une camarade, et quand Bibi s'en alla enfin, il lui dit :

— Tu reviendras me voir ?

— Oui, promit Bibi.

— N'oublie pas ta tirelire. J'y ai mis quelques pièces.

— Oh ! je vous remercie, dit Bibi.

— Et n'oublie pas ta boîte avec la… hum… tu sais quoi. Il n'osa prononcer le mot « souris » en présence de sa secrétaire.

— Oh ! Non !

— Et j'espère que tu gagneras le premier prix ! lui cria encore Tibber quand elle s'engagea dans l'escalier.

* * *

Dans l'appartement situé sous le grenier de Tibber habitait Mme Van Dam. Par bonheur, Tibber avait sa porte d'entrée et son escalier personnels, de sorte qu'il ne devait pas passer par l'appartement du dessous quand il entrait ou sortait.

Ce midi-là, Mme Van Dam dit à son mari :

— Pour une fois abaisse ton journal. Je dois te parler.

— À quel propos ? demanda son mari.

— Il s'agit de notre voisin du dessus.

— Ah ! Tu veux parler de ce jeune homme ? Ce Tibber ? Qu'est-ce qui lui arrive ?

— Je crois qu'il a quelqu'un chez lui.

— Qu'est-ce que tu veux dire par là ? Que signifie ce « quelqu'un chez lui » ?

— Je crois qu'il y a une jeune fille qui habite chez lui.

— Eh bien, ça lui fera une agréable compagnie, répliqua M. Van Dam.

Et il reprit son journal.

— Oui, mais je crois que c'est une jeune fille très *bizarre*, poursuivit son épouse.

— En tout cas, ça ne nous regarde pas, dit le mari.

Il y eut un court silence. Puis la dame reprit :

— Elle passe son temps perchée sur le toit !

— Qui donc ?

— La fille. La nuit, elle est perchée sur le toit.

— Comment le sais-tu ? demanda M. Van Dam. Est-ce que tu vas toi aussi sur le toit, la nuit ?

— Non, mais la voisine regarde parfois par sa lucarne, et elle la voit toujours sur le toit ! Entourée de chats.

— Tu sais que je déteste les commérages des voisins ! répliqua M. Van Dam avec irritation.

Et il poursuivit la lecture de son journal, tandis que sa femme allait ouvrir, car on avait sonné.

C'était Bibi avec sa boîte en fer-blanc.

— Voulez-vous participer à un cadeau pour M. Berger ? demanda-t-elle.

— Certainement, dit Mme Van Dam. Entre donc et viens t'asseoir.

Bibi s'assit, jambes pendantes, sur une chaise, sa boîte en fer-blanc sur les genoux, son dessin sous un bras, sa boîte à souris posée à côté d'elle.

— Dis-nous un peu, es-tu allée là-haut ? Dans le grenier ? demanda Mme Van Dam, d'un air de ne pas y toucher.

— Oui, répondit Bibi. Chez M. Tibber et Mlle Minoes.

— Mlle Minoes ? Qui est-ce ? demanda Mme Van Dam d'une voix très douce, et en mettant un florin dans la boîte.

— C'est sa secrétaire.

— Tiens ! tiens !

— Elle dort dans un carton, ajouta Bibi.

M. Van Dam regarda alors par-dessus le rebord de ses lunettes.

— Dans un carton ? répéta-t-il.

— Oui, dans un grand carton. Elle y tient très bien, en se mettant en boule. Et elle passe toujours dehors par la lucarne, et elle parle avec les chats.

— Oh ! oh ! fit Mme Van Dam.

— Elle sait parler avec tous les chats, assura Bibi, parce qu'elle a été elle-même un chat.

— Qui t'a dit ça ?

— C'est elle. Et maintenant, il faut que je m'en aille.

— N'oublie pas tes boîtes, dit Mme Van Dam. Et tiens ! N'oublie pas non plus ton rouleau de papier.

Lorsque Bibi fut partie, elle s'exclama :

— Eh bien, qu'est-ce que je t'avais dit ? Est-ce une fille *bizarre* là-haut, oui ou non ?

— Assez drôle, répondit son mari. Mais je persiste à penser que ça ne nous regarde pas.

— Écoute donc ! fit-elle. C'est tout de même *notre* grenier. Tibber *nous* a loué ce grenier. Et moi, je veux savoir ce qui se passe sous *mon* toit.

— Que vas-tu faire ? demanda son mari.

— Je vais y aller.

— Comme ça ? Et sous quel prétexte ?

— Je ne sais pas encore. Mais je trouverai bien quelque chose.

Mme Van Dam endossa son manteau de fourrure, malgré la chaleur de cette journée de printemps, et la proximité de l'escalier menant chez son locataire.

Elle faillit sonner, mais elle n'en eut pas besoin car Bibi avait laissé la porte d'entrée ouverte. Aussi Mme Van Dam gravit-elle aussitôt l'escalier. C'était un long escalier très raide, et elle haletait sous son épais manteau de fourrure.

— Bonjour, madame, dit Tibber.

— Bonjour, monsieur Tibber, répondit-elle. Vous ne m'en voudrez pas d'être venue en passant…

— Mais pas du tout ! Entrez donc, madame. Ne voulez-vous pas retirer votre manteau de fourrure ?

— Non, non, je ne reste qu'un instant, dit Mme Van Dam tout en pénétrant dans la chambre.

Il n'y avait personne, à part Tibber.

— Comme vous avez gentiment aménagé cette pièce ! s'exclama la dame tout en jetant un regard circulaire. Et cette jolie petite cuisine… avec cette belle vue sur les toits !

— Puis-je vous offrir une tasse de thé ?

— Non, merci. Je ne suis venue qu'en coup de vent. Je voulais seulement vous dire que je lis toujours vos articles dans le journal. Très bons articles… Et ça, c'est le débarras ? Je peux sans doute y jeter un coup d'œil ?

— Bah ! Une sorte de réduit à bric-à-brac, fit Tibber. De vieilles chaises, de vieilles boîtes et des choses de ce genre…

Mais elle se glissa devant lui, en bavardant gaiement.

— Je trouve toujours ça si merveilleux ! gazouilla-t-elle. Un débarras, dans le coin d'un vieux grenier…

Tibber la suivit, désemparé. Elle était maintenant à côté du grand carton et se penchait au-dessus. Le plancher craqua sous le poids de la visiteuse.

Au bruit, Minoes se réveilla. Elle ouvrit un œil, puis elle bondit hors du carton avec un cri.

Mme Van Dam recula de frayeur. Des yeux de chat furieux la regardaient, une main aux ongles rouges et pointus jaillit vers elle, et cette créature fit *chchch !*

— Oh ! pardon ! balbutia Mme Van Dam, en s'empressant de reculer encore de deux pas.

Elle faisait demi-tour pour fuir quand Tibber lui dit aimablement :

— Puis-je vous présenter ma secrétaire, Mlle Minoes ? Et voici ma voisine du dessous... Mme Van Dam...

Nerveusement, la grosse dame regarda derrière elle. L'étrange créature était tout simplement une jeune fille qui souriait très poliment.

— Ravie de faire votre connaissance, dit Mme Van Dam.

— Ne voulez-vous pas vous asseoir ?

— Non, non, il faut que je parte, maintenant. J'ai eu grand plaisir à visiter votre petit appartement.

Elle lança un coup d'œil sur l'emplâtre qui décorait le nez de Tibber, puis dit :

— Au revoir !

Quand elle fut partie, Tibber poussa un gros soupir, puis déclara :

— La mansarde lui appartient. Je la lui loue. Je suis son locataire.

— Comme c'est affreux ! s'écria Minoes.

— Mais non, voyons ! Qu'est-ce qu'il y a d'affreux ? Je lui paie régulièrement mon loyer, et en dehors de ça, nous n'avons jamais affaire l'un à l'autre.

— Vous n'avez pas compris, expliqua Minoes. Je voulais dire : comme c'est affreux !... il y en avait au moins *vingt* !

— Vingt ? Vingt quoi ?

— Des chats !

— Vingt chats ? Où ça ?

— Sur son manteau ! fit Minoes en frissonnant. Son manteau de fourrure. Je dormais dans mon carton, et tout à coup je me suis réveillée en sursaut... et j'ai vu devant moi vingt chats assassinés !

— Ah ! c'est donc pour cette raison que vous avez fait *chchch !* Vous avez même failli la griffer, *mademoiselle* Minoes ! Griffer une dame, seulement parce qu'elle porte un manteau en peaux de chats... Voyons ! Voyons !

— Si elle revient ici, je la griffe pour de bon ! déclara Minoes.

— C'est stupide. Elle a acheté ce manteau dans un magasin, et quand elle l'a acheté, ces chats étaient déjà morts depuis longtemps. Tout cela vient du fait que vous fréquentez trop peu de gens. Vous passez votre temps sur les toits, vous descendez trop rarement dans la rue.

— J'y étais cette nuit même.

— Vous devez aussi y aller en plein jour. Faire des courses, normalement, comme d'autres femmes.

— Bon. Mais j'attendrai que la nuit tombe, dit Minoes.

— Non, les magasins seront fermés. Allez-y tout de suite !

— Je n'ose pas.

— Vous irez acheter du pain et des biscottes, ajouta Tibber.

— J'ai peur…

— À propos, il n'y a plus de poisson… Vous pourriez aussi passer chez le marchand de poisson. Il a un petit stand en plein air, au coin de la place du Marché-aux-Herbes.

— Bon, fit Minoes. Je m'habituerai peut-être. Si je descends dans la rue…

— Bien sûr ! dit Tibber. Vous apprendrez peu à peu à ne plus avoir peur. Seulement…

— Seulement quoi ?

— J'aimerais mieux que vous n'alliez pas frotter votre tête contre le marchand de poisson !

Chapitre 6

Minoes fait les courses

Un panier au bras, Minoes traversa la rue. À part la première fois, lors de son arrivée ici, elle n'avait jamais vu le quartier en plein jour. Elle ne connaissait en fait la ville que du haut des toits, et dans l'obscurité, et elle avait plus souvent fréquenté les jardins des maisons que les rues et les places. Aussi luttait-elle contre l'envie de se glisser le long des murs, de s'abriter derrière une auto en stationnement ou sous une porte cochère. Les gens et la circulation lui faisaient tourner la tête.

— Mais je n'ai pas besoin de me cacher, se répétait-elle. Je suis une demoiselle qui fait ses courses. Tiens ! un chien !... Je ne dois pas en avoir peur, ce n'est après tout qu'un petit chien... pas besoin de lui souffler au nez !... Et il ne faut pas que j'aille renifler dans les boîtes à ordures. Je fais des courses, comme toutes les autres dames, dans les boutiques du quartier !

De loin, déjà, Minoes sentit l'odeur de l'étal du poissonnier, et elle marcha de plus en plus vite pour le voir.

Lorsqu'elle fut proche, elle commença par tourner plusieurs fois autour de l'étal, en un vaste cercle, puis se dit avec assurance :

— Je dois acheter du poisson ! J'ai un porte-monnaie. Je n'ai pas besoin de mendier ou de voler.

Elle avança vers le marchand de poisson. Il exhalait une odeur enivrante, et Minoes s'approcha le plus possible, puis frotta sa tête contre lui. Mais l'homme ne remarqua rien, tant il était occupé à ranger ses poissons sur l'étal.

Minoes acheta des harengs, des maquereaux et du cabillaud. Une énorme quantité de poisson. Quand elle eut payé, elle frotta sa tête contre la manche du poissonnier. Cette fois, il lui jeta un coup d'œil surpris, mais déjà Minoes s'éloignait pour aller chez le boulanger. Elle passa devant l'école de M. Berger. Les fenêtres étant grandes ouvertes, elle entendit les enfants chanter, et les vit aussi à leur place. Bibi se trouvait parmi eux.

À ce moment, un chat apparut et vint se percher sur la clôture de l'école. C'était le Matou-scolaire.

— Faisons un peu frotti-frotti-nez ! proposa-t-il.

Minoes approcha la tête et sentit le petit nez rose et humide du chat contre le sien. C'était la façon dont les chats se saluaient, en ville, quand ils ne se battaient pas.

— Si tu me donnes un morceau de poisson, fit le Matou-scolaire, je te donnerai une nouvelle pour ton journal.

Minoes accepta le marché.

— Une grande nouvelle ! déclara alors le Matou-scolaire. Jules César a vaincu les Gaulois à Alésia ! Leur chef, Vercingétorix, a été fait prisonnier !

— Merci bien, dit Minoes.

Deux maisons plus loin, elle tomba sur Simon le chat écolier, le siamois de M. Berger.

— Donne-moi un bout de poisson, murmura-t-il, et je te raconterai quelque chose...

Lorsqu'il en eut reçu un morceau, il déclara :

— Tu ne dois jamais écouter le Matou-scolaire. Il assiste à tous les cours d'histoire. Il trouve ça passionnant, mais il croit, chaque fois, que les événements viennent de se produire à l'instant !

— J'ai compris, répondit Minoes. Mais que voulais-tu me raconter ?

— Justement ça ! dit Simon.

— Vous n'en avez tous qu'après mon poisson ! s'écria Minoes. Heureusement que j'en ai en quantité.

Elle passa ensuite devant l'usine. Il s'agissait d'une fabrique de déodorant. Ici, on emplissait de liquide parfumé les vaporisateurs, et tout autour du bâtiment planait une écœurante odeur de violette synthétique. C'était bien moins appétissant que chez le poissonnier !

Minoes allait presser le pas quand le chat de l'usine s'approcha d'elle. Le Chat-déodorant était l'un des fils de la Jakkepoes. Il sentait horriblement la violette.

— Tu auras sans doute des nouvelles pour moi si je t'offre du poisson ? lui dit Minoes.

— Bien sûr ! Que me conseilles-tu ?

— Je peux te donner un morceau de maquereau.

— Eh bien, écoute, dit le Chat-déodorant : le garçon de la cantine de l'usine a été flanqué à la porte. Le voilà, là-bas... Il s'appelle Willem. C'est bien dommage, parce qu'il était très gentil envers moi, et il me caressait toujours.

— Pourquoi l'a-t-on renvoyé ?

— Il arrivait tous les matins en retard.

— Oui, c'est regrettable, reconnut Minoes, mais on ne va pas publier une nouvelle de ce genre dans le journal.

— Non ? Bon, ce n'était d'ailleurs que la première. Deuxièmement : on projette d'agrandir notre usine. J'ai assisté aujourd'hui à une séance à huis clos du conseil d'administration. Toute la région environnante va devenir une énorme fabrique de parfums !

— Ça, c'est une vraie nouvelle, dit Minoes. Merci.

— Mais ils n'ont pas encore l'autorisation ! lui cria le chat comme elle s'éloignait. Il faudra encore que le maire la leur donne.

Au cours de sa sortie, Minoes avait rencontré moins de personnes que de chats. Elle en vit encore deux ou trois en se rendant à la boulangerie.

La boulangère se tenait derrière son comptoir, et il y avait plusieurs clientes dans la boutique. Minoes attendit poliment son tour, mais tandis qu'elle restait plantée là, en regardant autour d'elle, le chat de la boulangerie, Minette, entra en miaulant. Il descendait de l'appartement.

« Encore un qui en veut à mon poisson ! » pensa tout d'abord Minoes.

Puis elle comprit ce que lui confiait le chat.

— *Miaou ! miaou !* Vite ! ajouta Minette. Dis-le vite à madame ! Vite !...

Minoes s'avança précipitamment vers le comptoir et annonça à la boulangère :

— Votre petit garçon, Jacquot, a attrapé

la bouteille d'essence, là-haut, dans votre salle de bains !...

La boulangère la regarda avec effroi, puis, sans un mot, elle laissa tomber ses petits pains sur le comptoir et remonta en toute hâte dans son appartement.

Minoes sentit les regards des deux clientes peser sur elle. Très gênée, elle faillit prendre la fuite, mais déjà la boulangère redescendait.

— Oui, c'était bien ça ! fit-elle, haletante. Quand je suis arrivée là-haut, j'ai trouvé mon petit Jacquot — il a trois ans — ... qui tenait le flacon de benzine... il allait le vider par terre !... On ne peut pas le laisser seul un instant ! Merci mille fois, mademoiselle, de vous être aperçue de...

Soudain, elle s'interrompit, regarda fixement Minoes.

— Mais au fait, comment l'avez-vous su ? D'ici, vous ne pouviez pas voir ce qui se passait dans ma salle de bains !

Minoes faillit répondre : « C'est votre chatte qui m'a avertie », mais les deux dames la regardaient d'un œil si intrigué qu'elle put seulement balbutier :

— Je… je… j'en ai eu comme le pressentiment…

— En tout cas, je vous remercie. À qui le tour ?

— Mademoiselle peut passer avant nous, dirent les deux dames.

Minoes acheta du pain et des biscottes, puis elle paya. Quand elle fut sortie de la boutique, on chuchota ferme derrière son dos.

— C'est la demoiselle de ce monsieur Tibber !

— C'est sa secrétaire… elle couche dans un carton !

— Et la nuit, elle se promène sur les toits !

— Bizarre, cette demoiselle !

— Eh bien, fit la boulangère quand elle eut tout écouté, c'est peut-être une demoiselle bizarre, mais elle m'a rendu un grand service, à moi ! Et maintenant, ça suffit. Vous disiez : un demi-pain de seigle ?

* * *

Pendant ce temps, Tibber attendait, chez lui. Il y avait plus d'une heure que Minoes était partie pour faire les courses. Rien que du poisson et du pain, cela ne pouvait pas avoir duré si longtemps !

Assis à son bureau, il se mordillait les ongles, inquiet. Juste au moment où il se demandait s'il n'irait pas à sa recherche, le téléphone sonna.

— Allô ! fit Tibber.

— Ici Mme Van Dam, votre voisine. Je vous appelle de l'extérieur, d'une cabine téléphonique... Votre secrétaire est perchée dans un arbre, et elle ne peut plus redescendre.

— Oh ! merci, répondit Tibber.

— À votre service.

Il demanda encore :

— Dans quel arbre ?

Mais sa correspondante avait déjà raccroché.

— Ça y est, les embêtements recommencent ! rugit-il en se précipitant dans la rue.

Il courut d'abord vers le Marché-aux-Herbes, l'endroit où il y avait le plus d'arbres.

Lorsqu'il déboucha sur la place, il vit tout de suite un attroupement. Non pas sous le même arbre que la première fois, mais sous un autre, encore plus haut. Bibi se trouvait au milieu de la foule, car elle venait de sortir de l'école.

— Elle a été poursuivie par un chien ! lui expliqua l'enfant.

— Oui, oui, soupira Tibber.

Il connaissait ça.

— Mais comment la ferons-nous descendre ?

— Le marchand de poisson s'en charge, dit Bibi. Il est déjà là-haut, il va l'aider.

Au milieu de la sympathie générale, le poissonnier aida Minoes à se glisser de branche en branche, puis à mettre le pied d'abord sur le toit de la camionnette d'un marchand de légumes, et enfin sur la chaussée.

— Mille fois merci, dit-elle au marchand de poisson, en frottant encore une fois la tête à sa manche. Oh ! mon panier doit être quelque part, dans le coin...

Tibber le lui ramassa. Il contenait du pain, des biscottes et encore un tout petit bout de poisson.

— Il faut quand même réagir contre ça ! s'écria-t-il, lorsqu'ils furent de retour chez lui.

Vraiment, ça ne peut plus continuer ainsi, *mademoiselle* Minoes !

Assise dans un coin, elle le regardait d'un air plein de remords.

— C'était le même chien que l'autre jour, murmura-t-elle. Il s'appelle Mars.

— Il ne s'agit pas seulement de votre habitude de grimper dans les arbres, reprit Tibber, d'une voix sévère. Il s'agit de vos caractéristiques de chat ! Il faut vous en débarrasser une fois pour toutes !

— C'était pourtant bien agréable d'être secourue par le marchand de poisson ! dit-elle d'un ton rêveur.

Tibber se renfrogna encore davantage, mais avant qu'il ait pu dire un mot, elle s'écria :

— Oh ! tenez ! En chemin, j'ai appris une grande nouvelle !

Et elle lui parla du projet d'agrandissement de la fabrique de déodorant. Cela le calma un peu : il avait de nouveau là un sujet d'article pour son journal.

Chapitre 7

Ta soeur est venue te voir...

Cette nuit-là, quand Minoes monta sur le toit, elle n'y trouva pas la Jakkepoes. Mais un autre chat l'attendait : le Matou-scolaire.

— Je te salue de sa part, lui dit-il. Elle ne peut pas venir.

— Quoi ? Elle a eu ses petits ?

— Oui, une douzaine, je crois, répondit le Matou-scolaire.

— Et où sont-ils ?

— Tu connais le stationnement derrière la station-service ? Le mieux, c'est que tu passes par les jardins jusqu'à la grande haie d'aubépines, puis à travers la clôture. Dans ce stationnement, tu verras de vieilles caravanes abandonnées. Elle loge dans l'une d'elles. Provisoirement.

— Je vais tout de suite la voir, décida Minoes.

— Donne-moi un bout de poisson avant de partir…

— Ce n'est pas pour toi, c'est pour la Jakkepoes. Je lui apporte aussi du lait.

— Je n'ai pas besoin de lait, moi. Si tu me donnes un bout de poisson, je t'annoncerai une grande nouvelle ! Pour le journal…

Minoes lui en donna un tout petit bout.

— Jeanne d'Arc a été brûlée à Rouen par les Anglais ! annonça le Matou-scolaire. C'est affreux ! Tâche de vite publier ça dans ton journal !

— Oui, merci, dit Minoes en pensant qu'il avait probablement assisté à un nouveau cours d'histoire.

Après avoir traversé les jardins obscurs, elle arriva au garage où, pendant la journée, on réparait les autos. Le garage était fermé, mais la station-service voisine restait ouverte toute la nuit, et l'on y entendait jouer la radio. Apparemment, la Jakkepoes avait trouvé ce qu'elle désirait : de la musique comme fond sonore !

Le stationnement, situé derrière, était plongé dans l'ombre. Le silence y régnait. On y distinguait quelques autos et, tout au bout, une rangée de caravanes.

Un homme normal aurait eu quelque peine à trouver son chemin dans cette obscurité, mais Minoes, avec ses qualités « chattesques », y voyait parfaitement, et elle eut vite repéré la demeure de la Jakkepoes.

Il s'agissait d'une vieille caravane dans un triste état. Une vitre était brisée, les petits rideaux flottaient au vent, la porte ne fermait pas. À l'intérieur, sur une vieille couverture recouvrant une banquette, reposait la Jakkepoes. Sous elle, un entremêlement de chatons.

— Il y en a six ! s'exclama-t-elle d'un ton de reproche. *Six !* Non, vraiment pas possible ! Je n'avais pas mérité ça ! Tu les vois ? Hé ! sortez-vous de sous mon ventre, racaille ! cria-t-elle aux petits chats. Regarde maintenant, Minoes, tu les verras mieux. Il y a un rouquin, c'est le portrait craché de son père, le Chat-de-la-pompe. Les cinq autres sont tigrés, comme moi. Et maintenant, donne-moi quelque chose à manger. Je meurs de faim !

Minoes s'agenouilla devant la banquette et contempla les chatons qui gigotaient. Ils avaient de toutes petites queues, de minuscules griffes, et leurs yeux étaient clos. Au loin, la radio jouait doucement.

— Tu entends ? dit la Jakkepoes. Chouette, n'est-ce pas ? Ici, j'ai tout le confort !

— Mais es-tu en sécurité ? demanda Minoes. À qui appartient cette caravane ?

— À personne. Elle est vide depuis des années, jamais personne ne vient. As-tu rencontré le Chat-de-la-pompe ?

— Non !

— Il n'est même pas venu voir une seule fois ses enfants, dit la Jakkepoes. Non pas que je le souhaite, mais tout de même !... Ah ! donne-moi vite le poisson. Quelle idée de m'apporter du lait dans une bouteille ! Tu voudrais peut-être que je boive à la bouteille ?

— Ne t'inquiète pas. J'ai aussi une soucoupe.

Pendant que la maman-chat lapait son lait, Minoes regardait autour d'elle.

— Je ne me sentirais pas trop bien ici, fit-elle enfin remarquer. Un stationnement, ça veut dire des gens. Beaucoup de monde pendant la journée.

— Nous sommes dans un coin tranquille, répondit la Jakkepoes.

— Mais tes enfants seraient bien plus à l'abri dans le grenier de M. Tibber !

La Jakkepoes eut un sursaut si violent que ses petits, rejetés sur le côté, se mirent à miauler.

— Fermez vos museaux ! leur cria la mère, furieuse. Ça vous tète toute la journée et toute la nuit, et pour la moindre des choses ça crie à l'assassin !

Puis elle regarda Minoes d'un air menaçant, de ses yeux jaunes qui luisaient dans la pénombre, et elle siffla :

— Si tu veux m'enlever mes petits, je t'arrache les yeux !

— Te les enlever ? Mais je te prendrais naturellement avec eux.

— Merci pour ton offre ! Mais j'aime mieux rester ici.

— Plus tard, quand ils seront grands, je pourrai leur chercher un domicile…

— Pas la peine. Ils se débrouilleront très bien tout seuls. Qu'ils deviennent des chats vagabonds, comme moi. Jamais chez les hommes ! Je dis toujours : il y a deux sortes d'hommes. Les uns sont des fripouilles...

Elle se tut pour avaler une grosse bouchée de poisson. Minoes attendit patiemment.

— Et les autres ? demanda-t-elle enfin.

— Hum ! j'ai oublié, avoua la Jakkepoes. *Chchrrr !*

Une sorte de râle sortit du fond de sa gorge.

Minoes tapota son épaule maigre. La Jakkepoes recracha une arête.

— Y aurait manqué plus que ça ! grogna-t-elle. M'étouffer avec une idiote d'arête. La prochaine fois, tâche de faire plus attention si tu m'apportes du poisson. J'ai déjà assez de mal avec cette racaille accrochée à mon ventre ! Mais, tu sais ce que je trouve de si chouette ici ? C'est tout près des beaux jardins. Par là-bas... il y a les grandes villas...

— Il y a des chiens dans les villas, observa Minoes.

— Oui, parfois, mais ils sont *attachés*. Et les merles de ces jardins sont aussi dodus que les dames, là-bas. Et avec ce beau temps, les portes-fenêtres sont partout ouvertes, je peux pénétrer dans les maisons, il y a toujours quelque chose à chiper. Ce serait bien mieux si, *toi*, tu venais t'installer ici. Il y a de la place ! Nous irions ensemble à la chasse, et je suis certaine — absolument certaine — que dès que tu aurais de nouveau dévoré un merle bien gras, tu redeviendrais très vite un chat convenable... Zut ! Au fait, j'y pense...

— Qu'y a-t-il donc ?

— C'est trop bête de ma part, dit la Jakkepoes. Je ne t'ai pas encore annoncé la nouvelle... l'amour maternel m'a tout fait oublier...

— Ça ne fait rien. Raconte !

— Ce n'est pas une nouvelle pour le journal, ça te concerne, toi. Ta tante est passée par ici, ta tante Moortje. Elle aurait aimé te voir, mais elle est maintenant trop vieille pour monter sur les toits et c'est pourquoi elle m'a chargée de la commission...

— Qu'est-ce qu'elle voulait ?

— Elle te fait demander si tu comptes aller chez elle. Elle a reçu la visite de ta sœur.

Minoes sursauta.

— Quoi ? De ma sœur ? Mais elle habite si loin d'ici, à l'autre bout de la ville ! Qu'est-ce qu'elle venait faire dans ce quartier ?

— Écoute, dit la Jakkepoes, moi, je ne sais rien de plus. On m'appelle « lapin de gouttière », ha ! ha ! ha ! quelle bonne plaisanterie, n'est-ce pas ? Eh bien, si tu reviens demain, tâche qu'il n'y ait pas d'arêtes dans le poisson !

— Serais-tu opposée à ce que mon maître vienne te rendre visite ici ? Et Bibi ?

— Bibi, d'accord ! répondit sans hésiter la Jakkepoes. Elle m'a dessinée. Tu as vu son dessin ?

— Il est très ressemblant, dit Minoes.

— Mais en ce qui concerne Tibber... j'ai peur qu'il ne se mette à faire des remarques blessantes... C'est un chicaneur ! déclara la Jakkepoes. Encore pire que toi ! Enlever mes enfants... des docteurs... des piqûres... leur chercher un foyer... et tout et tout !

— Je lui dirai de ne pas faire de remarques, promit Minoes. Au revoir, à demain.

* * *

Pour regagner sa maison, elle traversa le jardin de tante Moortje. Elle se tint cachée au milieu des buissons, mais à peine eut-elle miaulé que sa vieille tante sortit par la chatière.

— Tu n'as pas encore beaucoup progressé ! constata-t-elle d'un air désapprobateur. Pas encore de queue ! pas de moustaches, et toujours ce costume trop étroit…

— J'ai appris que… commença Minoes.

— Oui, interrompit tante Moortje. Ta sœur est venue me voir.

Minoes tressaillit, et sa voix était un peu tremblante quand elle demanda :

— Ma sœur de la rue Sainte-Emma ?

— Évidemment, celle de la rue Sainte-Emma ! répliqua tante Moortje. C'est ton unique sœur, pas vrai ?

— Elle m'a chassée ! lança Minoes. Chassée de sa maison et de son jardin ! Elle m'en voulait beaucoup, parce que je n'étais plus un chat. Elle m'a dit de ne jamais revenir…

— C'est compréhensible, approuva tante

Moortje. Mais elle t'envoie le bonjour. Elle n'est plus fâchée. Elle a pitié de toi, c'est sûr !

— Est-ce que je pourrai revenir chez elle ? demanda Minoes. Elle accepte de me reprendre ?

— Non, pas telle que tu es maintenant ! s'écria tante Moortje. Pas avant que tu sois redevenue un chat comme il faut, c'est évident.

— Ah ! Quel merveilleux jardin, celui de la rue Sainte-Emma ! soupira Minoes. Mon jardin à moi, ma maison à moi, et la dame était si gentille pour moi... Est-ce qu'elle veut me reprendre ?

— Bien sûr, à condition que tu redeviennes normale. Et tu veux que je te dise quelque chose ? Ta sœur croit savoir maintenant comment le drame est arrivé... ton étrange maladie... elle a eu la même !

— Quoi ? s'exclama Minoes. Est-ce que, elle aussi...

— Chut ! Pas si fort ! fit tante Moortje. Non, elle n'a pas été transformée en femme, comme toi, mais elle a bien failli. Elle s'est senti des penchants d'être humain... Elle a commencé à perdre ses moustaches, sa queue s'est rapetissée... Cela vient de ce que vous avez toutes deux mangé quelque chose dans la caisse à ordures de l'Institut de recherches biochimiques... C'est ce que prétend ta sœur.

— Oui, oui probablement, c'est venu de là ! estima Minoes. C'est le bâtiment voisin de notre maison, dans la rue Sainte-Emma. Il y avait tous les matins une poubelle, nous y trouvions quelque chose à manger...

— Exactement ! fit tante Moortje. Ce jour-là, tu as dû en manger davantage que ta sœur, de ce *quelque chose*. Chez elle, ça s'est arrangé.

— Tout seul ? Elle a guéri d'elle-même ?

— Non, elle dit qu'elle a trouvé un certain remède qui lui a permis de redevenir normale. Si tu veux savoir exactement ce qu'il en est, tu devras passer chez elle.

— Oh ! fit Minoes.

— Moi, à ta place, j'irais tout de suite. Ça n'a que trop duré. Pourquoi hésites-tu encore ?

— Je ne suis pas sûre d'en avoir envie, avoua Minoes.

— Quoi ? Mais tu es complètement dingue ! s'écria tante Moortje. C'est ta seule chance, ta dernière chance de redevenir un chat convenable. Et tu ne sais pas si tu le veux ?

— J'hésite encore, je me demande… dit Minoes.

Tante Moortje rentra chez elle, indignée, tandis que Minoes prenait le chemin du retour. Elle regagna son propre toit, sur lequel elle alla se percher pour regarder la lune se lever au-dessus de l'immeuble de la compagnie d'assurances. Le parfum des fleurs montait du jardin, au-dessous d'elle, et ici, sur le toit, planaient toutes sortes d'odeurs de chats. C'était fort troublant.

Le lendemain matin, Tibber lui remit un paquet.

— Un petit cadeau pour vous, dit-il, parce que je viens d'être augmenté, au journal.

— Comme c'est bien… merci ! répondit Minoes.

C'était une paire de gants.

— Viendrez-vous à la réception ? demanda Tibber.

— Quelle réception ?

— On organise une réception cet après-midi, à l'hôtel Monopole. Une petite fête en l'honneur de M. Berger. J'aimerais bien que vous y veniez avec moi, *mademoiselle* Minoes. Il y aura beaucoup de monde.

— Alors, je n'y vais pas ! déclara Minoes.

— Cela vous ferait pourtant beaucoup de bien, insista Tibber. Et à moi aussi. Nous sommes tous deux des timides, et nous devons apprendre à oser, à nous affirmer. Je crois que le marchand de poisson sera là, lui aussi.

— Oh ! oh ! fit Minoes.

— Je vous ai acheté ces gants, ajouta Tibber, parce que j'ai pensé que *si* vous griffiez quelqu'un, ça ne lui ferait pas trop de mal !

Chapitre 8

La réception au Monopole

— Je crois que je préfère rentrer chez moi, dit Minoes. J'ai l'impression que je n'oserai jamais...

Ils se trouvaient sur le Marché-aux-Herbes, devant l'hôtel Monopole. C'était là qu'avait lieu la réception en l'honneur de M. Berger. On voyait beaucoup d'autos en stationnement, beaucoup de gens qui entraient.

Minoes avait enfilé ses gants neufs, mais maintenant qu'elle voyait la foule, elle s'inquiétait.

— Il ne faut pas avoir peur, lui dit Tibber. Regardez… voilà Bibi qui sort…

Bibi, rayonnante, arriva vers eux en sautillant.

— Qu'est-ce que tu tiens à la main ? lui demanda Tibber. Un appareil photo ?

— Oui ! Le premier prix ! cria Bibi. J'ai gagné le premier prix au concours de dessin.

— Tu l'avais bien mérité.

— Mon dessin est accroché au mur, continua Bibi, là-bas, dans la grande salle. Nos dessins y resteront exposés toute la journée. Et c'est moi qui ai remis le cadeau à M. Berger !

— Tu rentres avec nous ? lui demanda Minoes.

Bibi secoua la tête.

— Non. Cet après-midi, c'est pour les grandes personnes, expliqua-t-elle. Nous avons déjà fait la fête, à l'école.

Elle s'éloigna, et Tibber dit alors :

— Venez, nous allons entrer, *mademoiselle* Minoes. Et tâchez, je vous prie, de vous rappeler ceci : ne ronronnez pas, ne faites pas *chchch* et ne frottez pas votre tête, même pas sur le marchand de poisson !

— J'espère qu'il n'y a pas de chiens… fit Minoes, inquiète.

— Non, les chiens ne sont pas admis aux réceptions.

La salle était pleine à craquer. M. Berger et sa femme étaient assis, sur une petite estrade, entourés d'une masse de fleurs ; derrière eux, au mur, on avait affiché les dessins d'enfants. Une belle exposition, où la Jakkepoes de Bibi occupait la place d'honneur. *Premier prix*, avait-on inscrit en dessous.

— Ah ! le voilà ! s'écria M. Berger. Le voilà enfin, notre Tibber ! Mon cher Tibber, c'est bien gentil à vous d'être venu. Regardez le cadeau que m'ont offert les amis du quartier : une télévision en couleurs ! N'est-ce pas formidable ?

Tibber lui serra la main, puis dit :

— Je vous présente Mlle Minoes, ma secrétaire.

— Enchanté ! fit M. Berger. Mais j'ai l'impression de vous avoir déjà rencontrée, n'est-ce pas ? Dans un arbre, je crois…

Comme d'autres personnes approchaient pour lui présenter leurs vœux, Tibber et

Minoes s'écartèrent. Partout on voyait des groupes d'invités en train de bavarder. Le marchand de poisson était présent. Il fit un petit signe de la main à Minoes, qui rougit. Il y avait aussi la boulangère qui la salua d'une inclinaison de tête, et la jeune fille se sentit de plus en plus à l'aise.

« Ça va bien, pensa Tibber avec un sentiment de soulagement. Aujourd'hui, elle n'est plus chatte du tout... »

Mme Van Dam assistait elle aussi à la fête, dans son manteau de fourrure. Elle bavardait avec deux ou trois autres dames. Soudain, elles se turent et regardèrent dans leur direction...

Mlle Minoes fut reprise d'inquiétude.

— Ne vous occupez pas de ça ! souffla Tibber.

Ils s'approchèrent d'une table surchargée de toutes sortes de bonnes choses : petites saucisses, carrés de fromage plantés sur des bâtonnets, sandwiches, petits fours...

— Je peux en prendre ? demanda Minoes.

— Tout à l'heure, lui dit Tibber.

À ce moment, on vit entrer un grand monsieur en complet rayé, portant des lunettes.

Le silence se fit dans la salle. Tout le monde le salua respectueusement.

— C'est le maire ? chuchota Minoes.

— Non, c'est le directeur de l'usine de déodorant, M. Helmit. Un monsieur très important, qui fait beaucoup de bien autour de lui.

— Quel genre de bien ? voulut savoir Minoes.

— Il donne de l'argent aux bonnes œuvres.

Minoes avait l'intention de poser encore d'autres questions, mais autour d'eux on fit :

— Chut ! Chut !

— M. Helmit va parler ! dirent les gens.

Et tout le monde se pressa vers l'estrade pour mieux entendre. Ce mouvement de foule sépara Minoes de Tibber. Il resta en arrière tandis qu'elle continuait à être poussée jusqu'au premier rang, tout près de la table derrière laquelle M. Helmit allait faire son discours.

— Cher récipiendaire, commença-t-il, mesdames et messieurs…

Le silence devint total.

— Je suis ravi que vous soyez venus si nombreux, poursuivit l'orateur.

Tout en parlant, il tenait à la main ses clefs d'auto, et les faisait balancer au-dessus de la table.

Tibber, qui observait Minoes, s'aperçut avec effroi que ses yeux allaient et venaient, exactement comme ceux des spectateurs d'un match de tennis. Minoes n'écoutait pas, elle regardait, fascinée, ces clefs oscillantes, exactement comme un chat qui voit quelque chose bouger. « Elle va les attraper au vol ! » se dit Tibber. Il toussota de façon significative, mais elle ne lui prêta aucune attention.

— Beaucoup d'entre vous ont usé leurs fonds de culotte sur les bancs de cette école, chez M. Berger, poursuivait M. Helmit. Et nous tous, nous…

Flap !

D'un seul coup, la patte gantée de Minoes jaillit vers les clefs qui tombèrent en cliquetant sur la table.

Effrayé, l'orateur s'interrompit net et regarda Minoes avec ahurissement. Tous les gens autour d'elle la contemplèrent d'un air désapprobateur. De nouveau, elle eut l'air d'un chat emprisonné qui cherche une issue. Déjà, Tibber se frayait un passage vers l'avant, quand Minoes se baissa soudain et disparut entre jambes et jupes, filant en direction du buffet surchargé de bonnes choses appétissantes. On ne la revit plus.

Heureusement, M. Helmit reprit aussitôt le fil de son allocution, et, en l'écoutant, les gens eurent tôt fait d'oublier ce curieux incident. À la dérobée, Tibber regardait tout autour de lui. Il essaya même de jeter un coup d'œil sous la table. Ne s'était-elle pas cachée là-dessous ?

Maintenant, le discours était terminé, et M. Berger prononçait à son tour quelques mots de remerciement. Ensuite, on fit passer des plateaux chargés de verres, et tout le monde se rua sur les sandwiches, les saucisses et les petits fours. Tibber se faufila, bien malheureux, entre tous ces gens qui mangeaient et traînaient à gauche et à droite. Où était donc passée Minoes ?

Peut-être avait-elle filé par la porte, sans que personne l'ait vue ? Mlle Minoes pouvait parfaitement bien s'être esquivée ainsi, en se glissant dehors sans attirer l'attention. Peut-être était-elle déjà de retour chez elle, et installée dans son carton ?

Tibber poussa un gros soupir. Tout avait pourtant si bien marché au début ! Elle n'avait ni soufflé ni griffé, elle ne s'était pas frottée au marchand de poisson, mais cette fois, ç'avait été encore autre chose !... Tout à fait digne d'une chatte ! Tibber décida de rester encore un moment.

Mais Minoes n'était pas rentrée à la maison. Sans se faire remarquer, elle avait pu sortir par une petite porte et se trouvait maintenant dans une autre salle de l'hôtel, plus petite, du genre salle de réunion. Il y avait là une table et des chaises. Dans un coin, un grand bac garni de plantes vertes, et, sur un petit buffet, un aquarium avec des poissons rouges. Minoes, seule dans la pièce, courut aussitôt vers l'aquarium. Deux gros poissons rouges, indolents, tournaient en rond avec leur bouche béante et leurs yeux globuleux, ne se doutant de rien, et agitant leur petite queue.

Minoes se pencha sur l'aquarium...

— Je ne dois absolument pas faire ça ! se répétait-elle. C'est très « chattesque » ! Dans un instant, je ne pourrai plus me retenir !… Va-t'en, Minoes ! Détourne-toi !…

Mais les poissons l'attiraient comme un aimant, deux aimants rouges qui rivaient ses yeux. Sa main droite, recouverte du beau gant montant, tout neuf, s'approcha comme d'elle-même, se plaça juste au-dessus de l'eau, et… et…

Des voix retentirent, toutes proches, et Minoes retira sa main juste à temps. Et juste à temps, elle put se cacher derrière le grand bac de plantes vertes, car la porte s'ouvrait et deux messieurs entraient dans la petite salle. L'un était M. Berger, l'autre M. Helmit.

Minoes se tenait accroupie, derrière les tiges et les larges feuilles des plantes grimpantes, gardant un silence absolu.

— Je souhaitais vous parler un instant seul à seul, disait M. Berger. Là-bas, il y a trop de monde, ici nous serons tranquilles. Voici de quoi il s'agit : nous, les gens du quartier, nous désirons fonder une association… une association pour la défense des animaux…

« Tiens ! tiens ! pensa Minoes derrière ses plantes vertes. Voilà des nouvelles pour M. Tibber. Écoutons bien ce qu'ils vont dire. »

— Vous savez qu'il y a beaucoup d'amis des animaux à Killenbourg, reprenait M. Berger. Presque tous les gens ont des chats. Le but de notre société sera de porter secours aux animaux. Nous voulons créer un asile pour les pauvres bêtes abandonnées, nous aimerions fonder une clinique pour animaux… Nous tournerions des films sur les bêtes. Moi-même, ajouta M. Berger, je prépare une conférence sur les chats. Elle s'intitulera : « Le chat à travers les siècles ».

— Encore une nouvelle ! se dit Minoes.

— Et maintenant, continua M. Berger, je voudrais vous demander si vous accepteriez d'être le président de notre Société des Amis des Animaux.

— Eh bien… fit M. Helmit, pourquoi me demander cela, à moi ?

— Vous êtes si connu et si aimé dans notre ville ! Vous êtes également connu comme un ami des bêtes. Vous avez vous-même un chat, je crois ?

— Non, mais j'ai un chien, répondit M. Helmit. Il s'appelle Mars.

Dans sa cachette, Minoes se mit à trembler si violemment que les plantes en frémirent. *Mars !* C'était le chien qui, par deux fois, l'avait obligée à grimper dans un arbre.

— Oui, eh bien, reprenait M. Helmit, je serais naturellement très heureux d'accepter cet honneur, mais vous savez... j'ai énormément d'occupations ! Je suis déjà membre de tant d'associations, de comités ! Je suis aussi président de l'association de l'Aide à l'Enfance...

— Il y aurait très peu de travail ! insista M. Berger. Vous n'auriez presque rien à faire. Il s'agit d'avoir votre patronage, votre nom, les gens ont une telle confiance en vous !

M. Helmit marchait de long en large, les mains jointes derrière le dos. Il passa tout près du bac à plantes, jeta un coup d'œil aux poissons rouges, puis regarda fixement les plantes, longtemps, longtemps... « Il me voit ! » pensa Minoes.

Mais il se contenta d'enlever une feuille morte à un géranium, et il dit :

— Bon ! C'est d'accord !

— Merveilleux ! merveilleux ! s'écria M. Berger. Grand merci. Vous entendrez bientôt parler de nous. Maintenant, je retourne à la fête donnée en mon honneur.

Quand ils furent sortis de la pièce, Minoes osa respirer de nouveau. Elle se redressa et vit sur le rebord de la fenêtre ouverte un gros matou noir, le chat de l'hôtel, le Chat-Monopole.

— Tu es dans une salle interdite, lui fit-il remarquer. Moi, je n'ai pas la permission d'y entrer. C'est à cause des poissons rouges, tu les as vus ?...

— J'ai même failli en pêcher un, répondit Minoes. Je dois retourner dans la grande salle avec les gens, mais j'ai peur...

— Ton patron te cherche, lui apprit le chat. Il est sur la terrasse, devant l'hôtel. En sortant par la fenêtre, tu pourras faire le tour, sans être obligée de passer au milieu de tous ces gens.

D'un bond léger, Minoes fut dehors.

— À bientôt ! cria-t-elle, en courant vers le devant de l'hôtel, où Tibber, inquiet, faisait les cent pas.

— *Mademoiselle* Minoes !... commença-t-il d'un ton sévère.

Elle lui raconta ce qu'elle avait entendu, et Tibber approuva de la tête, très reconnaissant.

* * *

Mais dès qu'ils furent de retour chez eux, dans la mansarde, Tibber déclara avec fermeté :

— Je crois vraiment que vous devriez faire quelque chose !... Toutes ces habitudes de chat... ces attitudes « chattesques », comme vous dites...

— Que voulez-vous que j'y fasse ?

— Vous devriez aller consulter un docteur.

— Ah ! surtout pas ! s'exclama Minoes. Les docteurs vous font des piqûres !

— Non, je ne veux pas parler d'un docteur ordinaire...

— De quoi donc, alors ? D'un vétérinaire ?

— Non, je pensais à un psychiatre. Il y a des médecins chez lesquels on peut aller quand on a des problèmes, des *difficultés*...

— Je n'ai pas de difficultés, moi ! protesta Minoes.

— Peut-être pas, mais moi, j'en ai ! répliqua Tibber.

— Eh bien, allez vous-même chez le psychiatre !

— Mes difficultés proviennent de vous, *mademoiselle* Minoes. De vos manières étranges. Cet après-midi, tout marchait très bien, au début de la réception. Vous vous êtes fort bien tenue jusqu'au moment où, tout à coup, vous avez fait tomber ces clefs avec votre pat… euh… avec votre main. Une secrétaire ne fait pas de choses semblables, *mademoiselle* !

Chapitre 9

Chez le psychiatre

C'est ainsi que Minoes se retrouva, le lendemain, dans le cabinet du docteur Sigmund Lafaute, psychiatre.

— Puis-je savoir votre nom ? demanda le médecin.

— Mademoiselle Minoes, répondit-elle.

— Minoes, est-ce votre prénom ou votre nom de famille ?

— C'est mon surnom.

— Et quel est votre nom de famille ?

Minoes resta un moment silencieuse, en suivant des yeux une mouche qui bourdonnait contre la vitre, puis elle avoua :

— Je crois que je n'en ai pas.

— Comment s'appelait votre père ? demanda le docteur.

— Le rouquin d'en face, répondit Minoes.

— Bon ! vous vous appelez donc ainsi.

Et le docteur Sigmund Lafaute inscrivit sur une carte de son fichier : *Mlle Lerouquin d'Enface.* Puis il reprit :

— Et, dites-moi maintenant, de quoi vous plaignez-vous ?

— Me plaindre ? Je ne me plains de rien !

— Vous désirez pourtant me consulter. Il doit bien y avoir une raison.

— Oui, mon maître prétend que je suis trop « chattesque ».

— Trop quoi ?

— Trop chatte, si vous préférez. Et que je le deviens de plus en plus, selon lui !

— Cela signifie-t-il que vous avez des éléments… euh… « chattesques »… disons de chat, en vous ?

— Exactement cela, dit Minoes.

— Bon ! fit le docteur. Nous allons commencer par le commencement. Parlez-moi un peu de vos parents. Qui était votre père ?

— Un vagabond, répondit Minoes. Je ne l'ai jamais connu, je ne sais rien de lui.

— Et comment était votre mère ?

— Ma mère était rayée de gris.

— Pardon ? fit le docteur, en la regardant par-dessus ses lunettes.

— Oui, elle était rayée de gris. Elle est morte. Aplatie comme une galette.

— Aplatie ? répéta le docteur. Je ne vois pas…

— Mais si ! Elle a été éblouie par les phares d'un camion à remorque, et elle est passée dessous.

— C'est affreux ! Et vous avez des frères et sœurs ?

— Nous étions cinq.

— C'était vous l'aînée ?

— Nous avions tous le même âge.

— Des quintuplés, donc ! C'est plutôt rare !

— Oh, mais non ! fit Minoes. Ma mère en a eu beaucoup. On a donné trois d'entre nous quand nous avions six semaines ; ma sœur et moi, on nous a gardées, parce que la dame nous trouvait les plus beaux du lot.

Elle sourit avec tendresse à ce souvenir, et dans le silence qui suivit, le docteur l'entendit distinctement ronronner. Le son était très paisible. Le docteur aimait bien les chats, il en avait un lui-même, en haut, dans son appartement. Il s'appelait Lisette.

— La dame ? répéta-t-il enfin. Vous voulez parler de votre mère ?

— Mais non, répondit Minoes. La dame, c'était… la dame, quoi ! Elle disait que j'avais la plus belle queue.

— Ha ! ha ! fit le docteur. Et depuis quand l'avez-vous perdue ?

— Qui donc ?

— Votre queue.

Elle le regarda de ses longs yeux obliques, d'un air si rêveur, et elle ressemblait tant à un chat, que le docteur ne put s'empêcher de se dire : « Peut-être qu'elle l'a encore ? Peut-être qu'elle est enroulée sous sa jupe ? »

— J'ai mangé un jour quelque chose dans une boîte à ordures, reprit Minoes. Dans la poubelle d'un institut de chimie. Tout est venu de là. Mais j'ai encore beaucoup de qualités « chattesques » : je ronronne, je souffle, je crache, je griffe, et je grimpe aux arbres quand je rencontre un chien.

— Et cela ne vous tourmente pas ? Avez-vous des problèmes à cause de cela ?

— Non, pas moi, dit Minoes. Mais mon patron trouve que ce n'est pas convenable.

— Qui est votre patron ?

— M. Tibber, le journaliste. Je suis sa secrétaire. À part ça, tout va très bien... mais je me sens encore complètement chatte !

— Et c'est donc ce qui vous cause du souci ?

— C'est un peu compliqué, expliqua Minoes. Disons que c'est bien troublant d'être à la fois deux êtres : moitié chat, moitié être humain.

— Ah, mon Dieu ! soupira le docteur. C'est également très troublant d'être un homme entier.

— Vraiment ?

— Mais oui !

Minoes n'avait jamais songé à cela. Elle trouva l'idée intéressante.

— Pourtant, reprit-elle, j'aimerais mieux franchement être ou tout l'un, ou tout l'autre.

— Et lequel des deux préféreriez-vous ?

— Voilà le problème : si seulement je savais ! J'hésite terriblement. Oh ! comme j'aimerais redevenir une chatte !... Me glisser, la queue en panache, sous les cytises, dont les fleurs d'or resteraient accrochées dans ma fourrure... chanter sur les toits, avec d'autres chats... aller à la chasse dans les jardins, quand les jeunes étourneaux prennent leur envol... Parfois, j'ai même envie de retourner dans ma corbeille de chat... Mais d'un autre côté, c'est également très agréable d'être une femme !

— Eh bien, vous n'avez qu'à attendre pour voir comment cela tournera, déclara le docteur.

— Je pensais... commença Minoes. Peut-être pourriez-vous me donner une potion ? Ou des gouttes... qui me permettraient...

— Quoi ? Qui vous permettraient de redevenir chatte ?

— Non, murmura Minoes. J'hésite toujours.

— Alors, il vous faudra d'abord prendre une décision, déclara le psychiatre, puis vous reviendrez me voir. Je n'ai certes ni potion ni gouttes pour vous, mais cela fait toujours du bien de parler.

On gratta à la porte. C'était la chatte Lisette.

— Mon chat veut entrer, annonça le docteur en souriant, mais il sait très bien que je lui interdis de venir quand je reçois un client dans mon cabinet.

Minoes écouta le miaulement derrière la porte.

— Pourriez-vous monter tout de suite dans votre appartement ? demanda-t-elle. Votre femme est en train de faire rôtir le poulet…

— Comment savez-vous que nous mangeons du poulet ? s'étonna le médecin.

— … et elle vient de se brûler le pouce sur le gril ! Pouvez-vous monter tout de suite, docteur ? Au revoir, docteur. Je reviendrai vous consulter quand je saurai ce que je veux.

Le docteur monta en toute hâte dans son appartement. Sa femme avait une grosse ampoule au pouce, et elle était furieuse contre son gril.

— Comment as-tu su que je m'étais brûlée ? demanda-t-elle.

— C'est une très gentille petite chatte qui me l'a raconté, répondit le docteur, en allant chercher un onguent.

* * *

Sur le chemin du retour, Minoes apprit une triste histoire à propos de la Jakkepoes. Ce fut Simon le chat écolier qui la lui conta.

— C'est terrible ! s'exclama Minoes. Elle a eu une patte cassée, tu dis ? Par une auto ? Et où est-elle maintenant ? Et ses enfants, qui s'en occupe ?

— Ne pose pas quatre questions en même temps, répondit Simon le chat écolier. Ce n'est peut-être pas trop grave. J'ai appris la nouvelle par le Chat-de-la-pompe, et il exagère toujours. La Jakkepoes a été frappée…

— Frappée ?

— Oui, à coups de bouteille, par quelqu'un. À grand-peine, elle s'est traînée jusque chez elle, dans sa vieille caravane, auprès de ses enfants.

— Je vais tout de suite la voir, décida Minoes. Mais je passe d'abord prendre quelque chose à manger et un peu de lait.

Elle trouva la Jakkepoes dans sa caravane, à côté de ses chatons, plus grognon que jamais.

— Qu'est-ce qui s'est passé ? demanda Minoes en s'agenouillant devant la banquette. C'est grave ? Tu as une patte cassée ? Ça saigne ?

— On m'a estropiée ! gronda la Jakkepoes. Avec une bouteille de vin ! Une bouteille pleine ! Et allez-y donc ! Est-ce qu'on t'a déjà assaisonnée comme ça, toi ? Je devrais probablement m'estimer très flattée d'avoir reçu sur le poil une bouteille d'excellent bourgogne !

— Laisse-moi toucher, pour voir s'il n'y a rien de cassé, dit Minoes.

— Bas les pattes !

— Mais si tu as une patte cassée, il faut faire quelque chose.

— Ça passera. Faut ce qu'il faut !

— Mais je pourrais te transporter quelque part… chez nous, dans la mansarde…

— Je ne veux être transportée nulle part. Je préfère crever ici. J'y suis bien.

En soupirant, Minoes donna à la blessée du lait et un peu de viande.

— Ça tombe bien, dit la Jakkepoes. J'avais une de ces soifs ! D'habitude, je vais boire au robinet d'eau du stationnement, il y a toujours une flaque par terre. Mais c'est loin d'ici, et j'ai beaucoup de mal à marcher.

Lorsqu'elle eut bu suffisamment, elle reprit :

— On n'a pas idée d'être aussi imprudente, idiote que j'étais !

— Raconte-moi tout ce qui t'est arrivé !

— Comme je passais à travers les jardins des villas chic, commença la Jakkepoes, je me suis arrêtée devant la grande villa blanche, avec des roses partout. D'habitude, je ne me risque pas dans ce jardin, parce qu'ils ont un chien. Mais cette fois, il était enfermé dans le garage. Je l'entendais aboyer furieusement, mais je ne me souciais pas de lui, parce qu'il ne pouvait pas se jeter sur moi. Les portes-fenêtres donnant sur la terrasse étaient ouvertes, et il en sortait des odeurs délicieuses. J'avais faim : ces six petits crabes vous donnent faim, tu peux me croire ! Bon ! Je jette un coup d'œil à l'intérieur. Personne dans la salle. Il y a là une grande table garnie d'un bouquet de roses. Je me fiche pas mal des roses, mais j'ai flairé le saumon ! Alors, que fait-on dans ce cas ? On saisit sa chance au vol !

— Tu es donc entrée !

— Naturellement ! Je bondis à l'intérieur, je saute sur la table, et je me retrouve les quatre pattes plantées dans le saumon. Et puis je vois qu'il y a encore des tas d'autres choses : du homard, du poulet, du rosbif froid, de la crème chantilly, des petits gâteaux, et toutes sortes de petites coupes avec des sauces, pour ceci ou pour cela. Et encore des sandwiches, des petits fours... *miaou ! mioum-mioum !...*

La Jakkepoes en avait l'eau à la bouche, et sa salive tombait goutte à goutte sur ses petits.

— Et alors ? demanda Minoes.

— Et alors ? La tête m'en tournait, tu vois ? Un vertige devant un tel festin ! Je ne savais pas par où commencer. Idiot, n'est-ce pas ? Si j'avais mangé du saumon, j'aurais au moins eu quelque chose ! Mais toutes ces odeurs me montaient à la tête. Ah ! quand je pense que j'ai laissé passer ma chance, et que je n'en ai même pas avalé une bouchée ! *Mriaou !*

— Continue ! Qu'est-il arrivé ensuite ?

— Qu'est-ce que tu crois ? Tout à coup, ils sont entrés...

— Qui donc ?

— Les gens ! Le monsieur et la madame ! Je ne les avais pas entendus venir. C'est idiot, mais que veux-tu... j'étais comme ivre. Je saute de la table, je veux filer par la porte-fenêtre, mais *elle* est sur moi avec un parapluie, et elle me tape dessus. Je recule pour filer d'un autre côté, mais il est là, *lui*, il me touche en plein ! *Miaou ! miaou !* gémit la Jakkepoes.

— Et comment as-tu pu sortir ?

— Je ne sais plus. Mais je suis sortie, c'est sûr. Je crois que j'ai filé entre leurs jambes, en récoltant encore un coup de parapluie, mais je ne me souviens plus très bien. Je fonce à travers le jardin. Tout d'abord, je ne remarque rien, mais quand je veux bondir par-dessus la clôture, rien ne va plus ! Je ne peux plus sauter, ni grimper !

— Et comment as-tu pu passer ? demanda Minoes.

— À cause du chien ! Ils l'avaient lâché ! Je l'ai entendu arriver, il était déjà tout près de moi, et je ne trouvais pas de trou dans la haie ! Je me suis dit : « Cette fois, tu es bien fichue, la Jakkepoes ! Paralysée devant un tel chien… tu n'as aucune chance ! » Mais je lui donne un coup de griffe sur le nez, ce qui le fait un peu reculer. Et quand ce voyou veut de nouveau se jeter sur moi, je pense soudain à mon nid plein de petits, ici… et hop ! je passe par-dessus la clôture ! Comment, je n'en sais rien, mais je suis passée…

— Tu peux marcher, maintenant ?

— Mal. Je me traîne. Mais ça passera, forcément : ce n'est pas pour rien que je suis chat de gouttière. On a la vie dure ! En tout cas, je suis bien contente d'avoir donné à cette sale bête un coup de griffe dont elle se souviendra.

— Comment s'appelle ce chien ? demanda Minoes.

— Mars.

— Quoi ? C'est Mars ?

— Tiens ! tu le connais ?

— Oh, oui, je le connais, répondit Minoes. Mais alors, c'est son maître qui t'a frappée ?

— Naturellement, je te l'ai dit. Il s'appelle M. Helmit. C'est le directeur de la fabrique de déodorant. Là où habite mon fils, le Chat-déodorant.

— C'est aussi le président d'une société, déclara Minoes. La Société des Amis des Animaux !

— Ah ! c'est du beau ! fit la Jakkepoes d'un ton apitoyé. Tu te rends compte, cette fois ? Moi, ça ne m'étonne pas. Les hommes… tous des voyous !

* * *

— C'est affreux ! s'exclama Bibi quand elle entendit le récit de Minoes. Quel horrible bonhomme ! Cette pauvre Jakkepoes !

— Tu devrais aller la voir, lui dit Minoes. Tu sais où elle habite ?

— Oui, j'ai déjà été chez elle, dans la vieille caravane. Est-ce qu'elle permettrait que je photographie ses petits ?

Bibi transportait partout son appareil photo, et elle photographiait, à droite et à gauche, tout ce qu'elle voyait. Les photos étaient pour la plupart de travers, mais en revanche très nettes.

Minoes et Bibi formaient maintenant une paire d'amies. Elles allèrent s'asseoir sur un banc du jardin public.

— Est-ce que Tibber fera passer ça dans le journal ? demanda Bibi. Je veux dire : l'affaire de M. Helmit et de la Jakkepoes ?

— Non, répondit Minoes. Il prétend qu'il n'a pas le droit d'écrire des histoires de chats !

— Mais il ne s'agit pas seulement de chats ! Ça touche aussi le... le président de... comment tu as dit ?

— De la Société des Amis des Animaux, compléta Minoes.

— Eh bien, ça devrait passer tout de suite dans le journal ! Qu'un tel bonhomme frappe et rende infirme une pauvre maman-chat !

— Oui, c'est bien mon avis, reconnut Minoes. Mais il refuse.

Son regard s'écarta de Bibi pour se fixer sur la branche pendante d'un saule. Bibi le suivit et vit un petit oiseau qui gazouillait, tout proche. Elle se retourna alors vers Minoes et eut un sursaut de frayeur, car il y avait quelque chose d'inquiétant dans ses yeux — comme l'autre fois, avec la souris blanche.

— Minoes ! cria Bibi.

Minoes sursauta, effrayée.

— Je ne fais rien de mal ! assura-t-elle, en prenant toutefois un air coupable.

— Tu n'as pas le droit de faire ça ! Penses-y ! insista Bibi. Un petit oiseau, c'est aussi gentil qu'un petit chat !

— Quand j'habitais encore dans la rue Sainte-Emma… commença Minoes d'un ton rêveur.

— Quand tu habitais où ?

— Dans la rue Sainte-Emma. Comme chat. À cette époque, j'attrapais des oiseaux. Derrière la maison, sous la terrasse, il y avait un cytise. C'est là que j'en prenais le plus. Et ils étaient si…

— Je ne veux plus t'entendre ! hurla Bibi, en s'enfuyant avec son appareil photo.

Chapitre 10

Les chats ne sont pas des témoins

— Je ne comprends pas… insista Minoes pour la énième fois. Il faut que ça passe dans le journal ! *La Jakkepoes a été estropiée par le président des Amis des Animaux !*

— Non, répliqua Tibber. Des histoires de chats, ce ne sont pas des nouvelles, comme dit mon patron.

— Une pauvre maman-chat frappée à coups de bouteille ! reprit Minoes. Elle est peut-être infirme pour la vie !

— Je peux fort bien imaginer, commença Tibber d'un ton hésitant, que quelqu'un entre dans une colère folle en voyant un chat planté de ses quatre pattes au milieu de son saumon. Je peux imaginer que cette personne empoigne alors la première bouteille qui se trouve sous sa main, pour chasser le chat de sa table…

— Ah, oui ? fit Minoes.

Elle regarda Tibber d'un air si méchant qu'il recula d'un pas, par peur de quelque coup de griffe.

— En tout cas, ce n'est pas quelque chose pour le journal, conclut-il. Et maintenant, suffit !

Chaque fois que Minoes était de mauvaise humeur, elle retournait dans son carton pour y bouder. Elle allait le faire, de nouveau, quand Flouf entra par la fenêtre de la cuisine, poussant de longs miaulements.

— Qu'est-ce qu'il raconte ? demanda Tibber.

— Le marchand de poisson ! cria Minoes.

— *Rraou… rraou ??? miaou… miaou !…* poursuivit Flouf.

Il raconta, avec enthousiasme, une histoire en langue chat, puis disparut de nouveau sur le toit.

— Qu'arrive-t-il au marchand de poisson ? demanda Tibber.

— Il est à l'hôpital !

— Ah, oui ? Flouf avait pourtant l'air joyeux en racontant son histoire.

— Le marchand de poisson a été renversé par une voiture. Avec son étal et tout, expliqua Minoes. Tous les chats du quartier se sont précipités là-bas, car les poissons sont répandus sur la place !

— J'y vais, déclara Tibber. Je pourrai écrire un article là-dessus.

Et il prit son calepin.

— J'y vais moi aussi, dit Minoes. Par les toits, j'y serai plus vite.

Elle allait passer par la lucarne, quand Tibber la rattrapa.

— Non, *mademoiselle* Minoes, dit-il. Je ne tiens pas à ce que ma secrétaire aille jouer les pique-assiettes auprès d'un étal de poissons renversé, comme n'importe quel chat de gouttière.

Minoes le considéra d'un air arrogant.

— D'ailleurs, ajouta Tibber, il doit déjà y avoir un tas de gens là-bas, et vous n'aimez pas la foule.

— C'est bon, je reste ! consentit Minoes. J'aurai toutes les informations sur le toit.

Il y avait en effet beaucoup de monde sur le Marché-aux-Herbes, un véritable attroupement. La police était sur place. Par terre, on voyait des débris de verre, provenant des carreaux brisés. L'étal du poissonnier était complètement démoli. Des planches et des morceaux de bois gisaient un peu partout, les fanions qui ornaient l'étal étaient piétinés, et le dernier chat s'enfuyait avec le dernier hareng.

Tibber aperçut M. Berger.

— Comment est-ce arrivé ? lui demanda-t-il.

— Une auto ! Mais le plus stupide, c'est que personne n'a vu ce chauffard ! Il a filé ! C'est une honte !

— Quoi ? Personne ne l'a vu ? Au beau milieu de la journée ?

— Personne, répondit M. Berger. Il était juste midi, et tout le monde déjeunait. On a seulement entendu le choc, mais quand on est venu voir, l'auto avait déjà tourné au coin.

— Et le marchand de poisson lui-même ?

— Il ne sait rien, lui non plus. Il était en train de préparer ses poissons, l'instant d'après, il se retrouvait par terre avec toute la baraque écroulée sur lui. La police a interrogé les gens du voisinage, mais personne n'a vu l'auto. Ce devait être un étranger…

Tibber jeta un regard autour de lui. Au coin du Marché-aux-Herbes, il aperçut un chat en train de manger. « Je crois que les chats ont dû voir ce qui s'est passé, se dit-il. Minoes doit être déjà au courant. »

Il ne se trompait pas.

— Nous savons depuis longtemps qui a causé l'accident, déclara Minoes, quand Tibber rentra chez lui. La nouvelle a déjà circulé sur les toits. C'était la voiture de ce M. Helmit. Il conduisait lui-même : c'est lui le responsable.

Tibber parut incrédule.

— Allons donc ! fit-il. Pourquoi un homme comme lui commettrait-il un délit de fuite après avoir causé un accident ? Il l'aurait immédiatement signalé !

— Les chats ont tout vu ! déclara Minoes. Est-ce qu'il n'y a pas toujours une bande de chats autour de l'étal du poissonnier ? Il y avait là Simon le chat écolier, le Matou-scolaire et Œcuménie. Heureusement que nous vous avons renseigné, monsieur Tibber : ça passera dans le journal !

Tibber alla s'asseoir et se mordilla les ongles.

— N'est-ce pas ? demanda Minoes. Ça sera bien publié dans le journal ?

— Non, répondit Tibber, j'écrirai certainement un article sur l'accident, mais je n'ajouterai pas que M. Helmit l'a causé. Il n'y a pas de preuves.

— Pas de preuves ? Mais trois chats...

— Oui, des chats ! Mais à quoi cela m'avance ? Il n'y a pas un seul témoin.

— Il y a trois témoins.

— Les chats ne sont pas des témoins !

— Ah, non ?

— Non. Je ne peux pas écrire dans le journal : *Comme nous l'avons appris par plusieurs chats, le poissonnier a été renversé par M. Helmit, notre concitoyen bien connu.*

Je ne peux pas faire ça ! Tâchez de comprendre !

Minoes ne comprenait pas. Silencieusement, elle retourna dans son carton.

* * *

Ce soir-là, sur le toit, Simon le chat écolier lui dit :

— Quelqu'un t'attend près de l'hôtel de ville.

— Qui donc ? demanda Minoes.

— Le Chat-déodorant. Il a du nouveau.

Minoes alla aussitôt au rendez-vous. Il était trois heures du matin, le silence régnait sur la petite place. Devant l'hôtel de ville, deux lions de pierre étaient accroupis, sous le clair de lune, chacun tenant un écusson de pierre entre ses pattes.

Minoes attendit. Sortant de l'ombre du lion gauche, un curieux mélange d'odeurs vint frapper ses narines. Ça sentait le chat et le parfum. Puis le Chat-déodorant apparut.

— Un peu de frotti-frotti-nez ! proposa-t-il.

Minoes approcha son nez du sien.

— Désolé de sentir la fleur de pommier, dit le chat. C'est notre dernière création. J'ai quelque chose à te raconter, mais il ne faut révéler à personne que ça vient de moi. Mon nom ne doit pas paraître dans le journal. Tu me le promets ?

— C'est promis, assura Minoes.

— Eh bien, tu te souviens encore de ce que je t'avais raconté sur Willem ?... Willem, le garçon de la cantine de la fabrique, que l'on a renvoyé ?

— Oh ! oui, répondit Minoes. Et alors ?

— Il est de retour. On l'a réengagé.

— Une bonne nouvelle pour lui, reconnut Minoes. Mais c'est tout ? Il n'y a rien pour le journal !

— Tais-toi ! fit le Chat-déodorant. Je n'ai pas encore terminé. Écoute : à midi, j'étais assis sur la corniche. Dehors, sur le mur, il y a une corniche, et de là, au milieu de la vigne vierge, je peux entendre et voir tout ce qui se passe dans le bureau du directeur. Le directeur, c'est M. Helmit, tu le sais ?

— Si je le sais ! s'exclama Minoes. Il a rendu ta mère infirme !

— Exact, dit le chat. Voilà pourquoi je le déteste. Non que j'aie encore beaucoup de relations avec ma mère, elle a une odeur trop vulgaire, et je suis habitué à des parfums plus raffinés. Mais il ne s'agit pas de ça. Je me trouvais donc sur la corniche, et j'ai vu Willem assis dans le bureau du directeur. J'ai pensé : « Tiens ! tiens ! écoutons un peu, on ne sait jamais. »

— Et la suite ? lança Minoes.

— J'ai entendu Helmit dire : « C'est donc d'accord, Willem, tu peux revenir chez nous. Reprends tout de suite ton travail. » Et Willem a répondu : « Très volontiers, monsieur, c'est chic, monsieur, merci beaucoup, monsieur. »

— C'était tout ? demanda Minoes.

— Attends une seconde, fit le chat. J'ai cru que tout était terminé, et je me suis assoupi un petit instant... parce que le soleil brillait, et tu sais ce que l'on éprouve alors, quand on est assis sur une corniche et que...

— Oui, oui, fit Minoes. Continue !

— Eh bien, tout à coup, j'ai entendu Helmit dire doucement au garçon, sur le seuil de la porte : « Et n'oublie pas ! Si l'on devait jamais te demander ce que tu as vu aujourd'hui à midi sur le Marché-aux Herbes… *tu n'as rien vu !* Compris ? Absolument *rien* ! » « Non, monsieur le directeur », a répondu Willem, et il est sorti du bureau. Et voilà !

— Ah ! ah ! fit Minoes. Maintenant, je comprends. Willem a été témoin de l'accident !

— C'est aussi mon avis, confirma le chat.

* * *

— Nous savons enfin maintenant qu'un homme, aussi, a vu l'accident, rapporta Minoes à Tibber. Un vrai témoin. Pas seulement un témoin chat ! Un garçon ! Willem !

— Je vais aller le voir tout de suite ! décida Tibber, lorsque Minoes lui eut raconté toute l'histoire. Il reconnaîtra peut-être qu'il a vu quelque chose, si je lui pose carrément la question.

Et il sortit.

Pendant son absence, Minoes eut une conversation sur le toit avec le chat de l'hôtel, le Chat-Monopole.

— Écoute un peu, lui dit Minoes, j'ai appris que Helmit fréquentait assez souvent le restaurant de ton hôtel. C'est exact ?

— Oui, répondit le Chat-Monopole. Une fois par semaine, il vient dîner chez nous. Le vendredi. Il sera donc là ce soir.

— Pourrais-tu te placer tout près de sa table ? demanda Minoes. Pour écouter ce qu'il dit.

— Ah ! merci ! répliqua le Chat-Monopole. L'autre jour, il m'a donné un coup de pied sous la table !

— Écoute, reprit Minoes, voilà la situation : nous voudrions bien savoir ce qu'il dit… mais aucun de nous n'ose pénétrer chez lui, pour écouter, car il y a toujours ce maudit chien… Mars… Donc, si tu pouvais te placer pas trop loin de lui…

— Je verrai ce que je peux faire, promit le Chat-Monopole.

* * *

Tibber rentra beaucoup plus tard, très fatigué et découragé.

— Je suis allé chez Willem, dit-il, mais il m'a affirmé qu'il n'avait rien vu. Il prétend qu'il n'était pas sur le Marché-aux-Herbes quand l'accident s'est produit. Je crois qu'il ment ; naturellement, il n'ose rien dire. Je suis aussi allé voir le marchand de poisson, à l'hôpital.

— Comment va-t-il ? demanda Minoes. Est-ce qu'il sent toujours aussi bon ?

— Il sent l'hôpital !

— Quel dommage !

— Je lui ai demandé s'il n'avait pas reconnu l'auto de M. Helmit. Mais le marchand de poisson est entré en colère et m'a crié : « Quelle idée idiote ! Helmit est mon meilleur client, il n'aurait jamais fait une chose semblable !... » Et, poursuivit Tibber, je suis aussi allé à la police, pour leur demander si ce n'aurait pas été l'auto de Helmit...

— Et qu'est-ce qu'ils ont dit ? demanda Minoes.

— Ils ont éclaté de rire, ils ont trouvé ma question complètement dingue !

Chapitre 11

Le Chat-de-la-pompe et le Chat-Monopole

— Est-ce que ton maître a déjà écrit quelque chose sur Helmit dans son journal? demanda la Jakkepoes.

— Non, répondit Minoes. Il dit qu'il n'a pas de preuves.

— Quel froussard ! Quel dégonflé ! s'écria la Jakkepoes. Quels drôles d'animaux, ces hommes ! Ils ont aussi peu de caractère que les chiens !

Dans son indignation, elle oubliait de surveiller sa descendance. L'un des chatons tigrés s'était déjà glissé tout près de la porte de la caravane. En voyant cela, la maman-chat cria :

— Hé ! regardez-moi ça ! Ça veut déjà aller se balader en plein air ! Veux-tu revenir, petit misérable !

Elle saisit son enfant par la peau du cou et le ramena sur la couverture, dans son nid.

— Ils commencent à devenir embêtants ! grogna-t-elle. Les petites canailles !

Les chatons avaient maintenant les yeux ouverts. Ils étaient pleins de vie et jouaient avec leurs queues, et avec la queue maigre et élimée de leur mère.

— Comment va ta patte ? demanda Minoes.

— Un peu mieux. Je boite toujours un peu, et je ne crois pas que ça passera jamais. Tous les jours, je vais boire à la flaque, sous le robinet d'eau, et ce petit tour me prend beaucoup de temps.

— Et tu dois laisser les enfants si longtemps seuls ? demanda Minoes avec inquiétude. Est-ce qu'ils sont en sécurité ?

— Personne ne vient jamais par ici, répondit la Jakkepoes, sauf toi et Bibi. D'ailleurs, elle m'apporte tous les jours quelque chose, et aujourd'hui elle a photographié toute cette engeance. Elle a fait les photos de mes vilains petits bâtards ! Imagine-toi ça ! Oh ! tiens, tant que j'y pense : leur père, le Chat-de-la-pompe, m'a demandé si tu pourrais passer un instant chez lui. Il a quelque chose à te raconter. Quoi, je n'en sais rien, mais c'est probablement à propos du marchand de poisson.

Minoes prit congé d'elle et se rendit à la station-service. Le gros matou la salua aimablement.

— Je ne sais trop si ça vaut la peine que je te le dise, commença-t-il. Mais j'ai pensé que ça ne peut pas faire de mal…

— Raconte toujours !

— Helmit est venu ici. Il avait une grosse bosse à son aile avant, et l'un de ses phares était brisé.

— Tiens ! tiens ! fit Minoes.

— Il a deux voitures, reprit le Chat-de-la-pompe. C'était la plus grosse, sa Chevrolet bleue. Tu sais que nous avons ici un garage, à côté de la station-service, et il a dit à mon maître, le mécano : « Je suis entré dans la clôture de mon propre jardin. Est-ce que ça peut être réparé aujourd'hui même ? » Et mon maître a répondu : « Ce sera probablement difficile… »

— Et après ? demanda Minoes.

— Alors Helmit lui a glissé un billet de banque. Je n'ai pas pu voir de combien, mais ce devait être un gros billet, parce que mon maître a eu l'air tout content. Et puis Helmit a ajouté : « Si jamais quelqu'un devait vous questionner à propos de cette bosse à mon aile, vous feriez mieux de ne rien dire. »

— Tiens ! tiens ! fit de nouveau Minoes. Eh bien, merci, et au revoir !

En partant, elle se retourna pour lui crier :

— Tu as des enfants très mignons !

— Qui donc ? demanda le Chat-de-la-pompe.

— Toi.

— Moi ? Qui dit ça ?

— La Jakkepoes.

— Bof ! Elle raconte tant de choses ! fit le chat d'un air méprisant.

* * *

Le Chat-Monopole était d'un beau noir luisant, avec une tache blanche sur la poitrine. Il devait surveiller sa ligne en raison de la belle vie qu'il menait dans la salle à manger de l'hôtel. Au moment des repas, il se promenait tranquillement entre les tables, et il mendiait un peu partout, avec des yeux implorants qui semblaient dire : « Quoi ? Ne voyez-vous pas que je meurs de faim ? » La plupart des clients lui donnaient quelque chose, et c'est ainsi qu'avec le temps il devenait de plus en plus gros.

Ce vendredi soir, vers six heures et demie, le restaurant était déjà plus qu'à moitié rempli. Les serveurs circulaient entre les tables, on entendait le cliquetis des fourchettes et des couteaux, une odeur de rosbif et de pommes sautées flottait dans l'air. Dans un renfoncement, près d'une fenêtre, M. Helmit et son épouse avaient pris place.

Le Chat-Monopole se dirigea vers eux avec un peu d'hésitation. Il avait promis à Minoes de tendre l'oreille, mais comme cet homme lui avait déjà lancé un coup de pied sous la table, il n'osait trop se risquer. À un mètre de distance, il s'immobilisa. Les deux dîneurs se disputaient, c'était visible à leurs gestes et à leurs visages, mais, malheureusement, ils se disputaient à voix très basse.

« Pas question d'aller m'installer sous la table ! pensait le Chat-Monopole, sinon il me donnera tout de suite un coup de pied ! Mais si je me place à côté de sa chaise à elle, ce ne sera pas trop dangereux. »

Il vint donc s'asseoir tout près de Mme Helmit, et il écouta :

— Quel comportement stupide de ta part ! l'entendit-il dire à son mari. Tu aurais dû le signaler tout de suite.

— Tu vas recommencer ? grondait M. Helmit. Ne te tracasse donc pas comme ça !

— Je trouve quand même que tu aurais dû signaler l'accident ! reprenait-elle. Tu pourrais encore le faire.

Il secoua vivement la tête, puis se servit d'une tranche de viande dans le plat. Le Chat-Monopole se rapprocha encore d'un pas.

— Fiche le camp, sale bête ! siffla M. Helmit.

Mais le chat ne bougea pas, et prit un air à la fois innocent et affamé.

— Ne dis pas de bêtises ! poursuivit M. Helmit. Il est maintenant trop tard. Naturellement, tu as raison, j'aurais dû signaler tout de suite l'accident. Mais je ne l'ai pas fait, voilà ! Et maintenant, c'est trop tard.

— Oui, mais si cela s'apprend…

— On n'en saura rien. Personne n'a rien vu, sauf un garçon de la cantine, un petit imbécile que j'avais mis à la porte. Mais je l'ai déjà réengagé.

— Et l'atelier où tu as fait réparer ta voiture ?

— Le mécano fermera son bec. C'est un bon ami à moi, il ferait n'importe quoi pour moi.

— Eh bien, je trouve quand même que tu aurais dû le signaler, dit Mme Helmit avec entêtement.

— Tu vas finir, oui ? Est-ce que tu me prends pour un idiot ? J'ai déjà eu tant de mal à mettre les gens de mon côté, ici, en ville. J'ai donné beaucoup d'argent à droite et à gauche, et je n'ai pas cessé de faire des « bonnes actions ». Tout ça pour que l'on m'accepte, pour que je sois dans le coup ! Je suis membre d'un tas de sociétés, je suis le président de beaucoup d'entre elles. Je siège à des comités… Tout cela, je l'ai fait pour gagner la confiance des gens. Et j'ai réussi !

Le Chat-Monopole se rapprocha encore d'un pas.

— Fiche le camp ! siffla M. Helmit. Ce chat mendiant est une horreur !

Effrayé, le chat noir s'éloigna en se dandinant, fit un petit tour dans le restaurant, puis revint à son ancienne place, juste à temps pour entendre M. Helmit dire :

— Imagine que ça paraisse dans le journal ! Alors ma bonne réputation est fichue ! Si je ne fais pas partie de la commission municipale, nous ne pourrons jamais obtenir l'autorisation d'agrandir la fabrique ! J'aurai tout le monde contre moi. Et maintenant, finissons-en ! Que prends-tu comme dessert ?

— Une glace, répondit Mme Helmit.

— Et si je rencontre ce sale chat dans un coin sombre, je l'étrangle ! gronda son mari en regardant le chat noir d'un œil menaçant.

Le Chat-Monopole jugea qu'il en avait suffisamment entendu. Il sortit, d'un pas traînant, et grimpa péniblement sur les toits pour aller faire son compte rendu à Minoes.

* * *

— C'est de nouveau un chat qui a entendu ! gémit Tibber. De nouveau, ce n'est pas un témoin valable ! Comment pourrais-je écrire un article là-dessus, si je n'ai aucune preuve ? Et les deux gars qui pourraient m'aider, Willem et le mécano, ne veulent rien dire ! Tous deux affirment qu'ils ne sont au courant de rien !

— Mais vous croyez quand même les chats, maintenant ? demanda Minoes.

— Bien sûr, dit Tibber. Je vous crois, vous tous !

— J'espère avoir l'occasion de donner un bon coup de griffe à M. Helmit.

— Je l'espère aussi ! fit Tibber.

Il était très mécontent de tout cela. Il avait la certitude que les chats disaient la vérité, mais il n'osait pas écrire d'article tant qu'il n'avait aucune preuve. Il était non seulement mécontent, mais aussi irrité. Irrité et indigné. Et son irritation lui fit perdre un peu de sa timidité. Il osa maintenant aborder les gens, il osa leur poser des questions sur toutes sortes de choses…

Mais quand, comme en passant, il leur lançait d'un air indifférent : « À propos, on raconte que c'est M. Helmit qui a causé l'accident du marchand de poisson… », les gens se fâchaient. « Quelle idée absurde ! s'exclamaient-ils. Comment osez-vous répandre de telles rumeurs ? M. Helmit n'aurait jamais fait une chose semblable. D'abord, il conduit très prudemment, et d'autre part, il aurait tout de suite reconnu qu'il était responsable. Jamais il n'aurait commis le délit de fuite ! »

— Non, Tibber, lui dit également M. Berger. Tu ne racontes que des bêtises. Ce que tu rapportes là, mon garçon, ce ne sont que de méchants commérages !

Chapitre 12

Les enfants de la Jakkepoes

Le lendemain, Mme Van Dam, qui habitait au-dessous de chez Tibber, dit à son mari :

— J'avais autrefois une petite théière verte. Où a-t-elle bien pu passer ?

— Aucune idée, répondit M. Van Dam.

Un instant plus tard, il se ravisa :

— Tu veux parler de la petite théière que nous avions dans notre caravane ?

— Oui. C'est cela, tu as raison. Eh bien, elle a dû aller à la ferraille. Les vieilles caravanes comme ça, on les envoie toujours à la ferraille.

— Maintenant que tu en parles… fit

M. Van Dam, en réfléchissant. Non, la nôtre est encore dans le stationnement, là-bas derrière, tu vois ?

— Depuis tant d'années ?

— Oui, tout ce temps-là.

— Eh bien, je vais y jeter un coup d'œil, décida Mme Van Dam. Ma théière s'y trouve peut-être encore… Et il y a peut-être aussi d'autres choses que l'on pourrait récupérer…

C'est ainsi que Mme Van Dam apparut dans le stationnement, au moment où la Jakkepoes était allée boire. Tous les jours, elle se traînait avec sa patte raide, jusqu'à la flaque d'eau sous le robinet. Elle avait laissé ses petits tout seuls, mais il ne leur était jamais rien arrivé, et elle avait toujours retrouvé son nid intact, car personne ne venait dans ce coin du stationnement.

Mais voilà que ce jour-là, Mme Van Dam poussa la petite porte et pénétra dans la caravane. Du premier coup d'œil, elle vit la nichée sur la vieille couverture.

— C'est du joli ! s'exclama-t-elle en faisant la grimace. Dans ma caravane ! Toute une portée de petits chats… comme ils sont misérables et vilains ! Et sur ma couverture, pardessus le marché !

Il s'agissait d'une très vieille couverture, sale et déchirée. Mais Mme Van Dam trouva cependant que c'était dommage. Elle ramassa une vieille housse à coussin, et y fourra les six petits chats. Puis elle prit la théière verte, un petit tapis et un morceau de paillasson qu'elle mit dans un sac. Une dernière fois, elle regarda autour d'elle, et dit :

— Eh bien voilà ! C'est tout.

Le sac dans une main et la housse aux chats dans l'autre, elle quitta la caravane.

La Jakkepoes la vit sortir, mais elle était encore loin, et ne pouvait marcher très vite. En clopinant le plus rapidement possible, elle regagna sa demeure, se hissa au sommet du petit escalier, vit la place vide sur le banc. Un cri de chat, plaintif, retentit dans tout le stationnement, mais personne ne l'entendit, car la radio de la station-service jouait très fort. Mme Van Dam n'y aurait d'ailleurs pas prêté attention si elle l'avait entendu. Elle se trouvait maintenant près de la pompe à essence et regardait, indécise, le sac pesant, avec les chats, qu'elle tenait à la main.

Au nom du ciel, qu'allait-elle en faire, de ces chatons ? Six vilains petits chats lui paraissaient vraiment encombrants !

Elle vit une voiture s'arrêter pour prendre de l'essence, une grosse auto bleue. C'était celle de M. Helmit.

Mme Van Dam s'approcha. Elle se pencha et dit, par la vitre ouverte :

— Bonjour, monsieur Helmit !

— Bonjour, madame, répondit l'homme.

— J'ai ici toute une portée de petits chats que j'ai trouvés dans ma vieille caravane. Ils sont dans cette housse à coussin. Puis-je vous les remettre ?

— À moi ? s'écria M. Helmit. Que voulez-vous que j'en fasse ?

— Eh bien, répliqua Mme Van Dam, j'ai appris que vous étiez président de la Société des Amis des Animaux. C'est exact ?

— Euh… oui, madame, répondit M. Helmit.

— Bon ! eh bien, la Société est faite pour ça… je veux dire qu'elle se charge de trouver un asile aux bêtes abandonnées. C'est ce que j'ai lu dans le journal.

— Oui, mais pour l'instant, je n'ai pas beaucoup de temps…

— … et si vous ne deviez pas trouver d'asile pour eux, poursuivit Mme Van Dam, vous devriez veiller à ce qu'on les tue sans les faire souffrir. Voulez-vous vous en charger ? Je les mets là derrière.

Elle déposa sur la banquette arrière la housse décorée de fleurs contenant les petits chats, fit au conducteur un nouveau signe de tête amical, et s'en alla. M. Helmit se retrouva seul, avec un sac rempli de petits chats dans sa voiture !

— Cette bonne femme s'imagine que j'ai un asile pour chats ! cria-t-il, furieux. Qu'est-ce que je vais en faire ?

Il démarra.

La pauvre Jakkepoes resta un moment dans la caravane, à gémir et à se lamenter. Quand elle sortit enfin, Mme Van Dam avait disparu depuis longtemps. Mais le Chat-de-la-pompe se précipita vers elle.

— On a emmené tes enfants dans un sac ! lui annonça-t-il. Dans l'auto de Helmit ! Il est parti avec eux !

La Jakkepoes s'assit par terre et se mit à pleurer.

Elle savait maintenant que ses petits étaient perdus, que ce n'était même pas la peine d'aller à leur recherche; ils étaient peut-être déjà morts. De plus, elle ne pouvait marcher qu'à grand-peine. Quel malheur !

— Je vais faire passer la nouvelle, lui promit le Chat-de-la-pompe. À l'agence de presse des chats, mais je ne sais trop si ça servira à quelque chose.

La Jakkepoes ne répondit rien. Elle sanglotait doucement.

— Allons, courage ! fit le Chat-de-la-pompe. Mais c'est moche pour toi !

Il s'en alla en courant. La Jakkepoes lui cria :

— Ce sont aussi tes enfants, n'oublie pas !

Le Chat-de-la-pompe se retourna.

— Faudrait encore le prouver ! glapit-il grossièrement.

L'agence de presse des chats travaillait toujours très vite. Mais jamais encore nouvelle ne fut transmise si rapidement. En moins de dix minutes, Minoes fut mise au courant par Flouf.

— Et où est allé Helmit avec sa voiture ? demanda-t-elle aussitôt.

— Elle stationne devant le bureau de poste.

— Est-ce que les chats sont encore dedans ?

— Non, dit tristement Flouf. Ils n'y sont plus. Simon a jeté un coup d'œil par la portière, et il n'y a plus rien dans l'auto.

— Mais où sont-ils, alors ? s'écria Minoes. Qu'en a-t-il fait ?

— Personne n'en sait rien. Le Chat-de-la-pompe l'a vu partir et Œcuménie l'a vu passer devant le temple. Un peu plus tard, des chats ont remarqué l'auto en stationnement devant le bureau de poste. Mais personne n'a vu où il a laissé les petits chats.

— Il les a peut-être noyés ! cria Minoes. Oh ! comme c'est affreux pour cette pauvre Jakkepoes ! Elle grognait toujours contre ses enfants, mais elle en était très fière. Il faut que tous les chats se mettent à leur recherche, qu'ils posent des questions, qu'ils tendent l'oreille !... Moi aussi, je me mets en chasse !

Elle descendit dans la rue et courut en direction du bureau de poste. Aucun des chats qu'elle rencontra en cours de route ne put rien ajouter à ce qu'elle savait déjà. Aucun ne savait ce qu'il était advenu de la housse à fleurs. On avait seulement vu l'auto passer, puis plus tard, stationner, mais vide.

Ne sachant trop de quel côté chercher, Minoes parcourait les ruelles, indécise, jusqu'à ce qu'elle tombât sur Minette, la chatte de la boulangerie.

— Ils sont retrouvés ! lui cria Minette. Le Matou-scolaire les a entendus miauler.

— Où donc ?

— Dans un sac-poubelle, à côté du bureau de poste. Viens vite, nous n'arrivons pas à les en retirer, nous !

Minoes fut sur place en moins d'une minute.

Les chats étaient encore en vie, tous les six. Ils se trouvaient toujours dans la housse à coussin fleurie, mais on avait fourré celle-ci dans un grand sac-poubelle en plastique gris. Quand Minoes les retira une à une, les petites bêtes miaulaient et tremblaient, mais elles étaient bien vivantes.

À quelque distance de là, s'était arrêté le camion-benne des éboueurs… Si Minoes était arrivée deux minutes plus tard, les enfants de la Jakkepoes y auraient été jetés, et seraient morts étouffés…

Avec précaution, Minoes remit les six chatons dans la housse à coussin, pour les emmener. Puis elle caressa le Matou-scolaire qui les avait retrouvés.

— C'est chouette de ta part, lui dit-elle. Merci ! C'était de justesse !

— Et j'ai encore une grande nouvelle pour toi, lui dit le Matou-scolaire.

— Raconte un peu…

— Napoléon a été battu à Waterloo !

* * *

Au lieu de ramener les chatons dans la caravane, Minoes les emporta chez elle, et les installa provisoirement dans son propre carton.

— Qu'est-ce que ça signifie ? s'étonna Flouf. Tu aurais l'intention de garder tout ça ici ?

— Parfaitement, dit Minoes. Et la Jakkepoes aussi. Je vais tout de suite la chercher.

— Je ne sais pas si ça va me plaire ! grogna Flouf.

Mais Minoes avait déjà filé par la fenêtre de la cuisine.

La Jakkepoes ne savait encore rien. Elle tournait en rond autour de la caravane. De temps à autre, elle y rentrait, comme si elle avait encore quelque espoir d'y retrouver ses petits, et l'instant d'après elle se mettait à miauler lamentablement. Même si la Jakkepoes avait toujours été chiffonnée et malpropre, elle n'avait jamais été triste de caractère, elle avait toujours eu quelque chose de fier et de joyeux. Maintenant, ce n'était plus qu'un pitoyable chat de gouttière désespérant de tout... Jusqu'au moment où Minoes gravit les petites marches de la caravane.

— Ils sont sains et saufs ! cria-t-elle. Tous les six ! Ils sont chez nous, dans le grenier !

La Jakkepoes ne laissa rien voir de son contentement. Elle alla seulement s'asseoir, bien droite.

— Eh bien, ramène-les immédiatement ici ! dit-elle d'un ton aigre.

— Non, répliqua Minoes. Ici, ils ne sont pas en sécurité, tu l'as bien vu toi-même. Je viens te chercher.

— Qui ?... Moi ?

— Oui.

— Tu ne m'emmèneras pas ! fit la Jakkepoes, avec un mépris glacial. Je ne me laisse emmener par personne.

— C'est seulement pour quelque temps, lui promit Minoes. Dans quelques semaines, nous chercherons un toit pour tes enfants. Mais d'ici là, viens avec moi.

— Pas question !

— Tes petits ont encore besoin de toi. Ils veulent téter !

— Amène-les ici, et je leur donnerai la tétée.

Il semblait inutile de poursuivre la discussion. On ne pouvait emmener la Jakkepoes contre son gré, elle se serait défendue avec dents et griffes. Mais Minoes était tout aussi obstinée.

— Si tu veux les reprendre, dit-elle, tu viendras les chercher ! Tu sais où j'habite.

Quand elle s'éloigna, la Jakkepoes lui cria encore quelque chose. La pire insulte qu'elle connût :

— Racaille humaine !

Dans un coin du débarras, Minoes installa un douillet petit nid pour les chatons.

Tibber n'était pas encore rentré : il traînait dans la ville, à la recherche de témoignages sur l'affaire de l'accident.

— Vraiment, je ne peux pas dire que ça m'enchante ! gémissait Flouf. Six petits chats braillards dans mon grenier... Et allez-y donc ! Ne vous gênez pas !

— Ce n'est que provisoire, assura Minoes.

— Manquerait plus que ça, si la mère venait elle aussi ! grommela Flouf. Je ne crois pas que j'accepterais ça !

Minoes ne répondit rien. Elle se tenait devant la fenêtre de la cuisine et regardait sur les toits.

Au bout d'une heure, la Jakkepoes arriva. Avec sa patte blessée, elle avait eu le plus grand mal à grimper sur les toits. Au prix d'un dernier effort, elle se traîna le long de la gouttière et se laissa attirer à l'intérieur par Minoes. Elle ne dit absolument rien, Minoes non plus. Elle déposa la Jakkepoes auprès de ses petits qui, piaulant de joie, se bousculèrent et se mirent à téter avec avidité.

— C'est bien ce que je pensais ! gronda Flouf. Voilà la mère par-dessus le marché !

Maintenant, c'est l'invasion, et je ne l'accepte pas !

Sa queue se gonfla en panache, il rabattit les oreilles, poussa un grondement menaçant.

— Du calme, Flouf, fais un effort ! lui dit Minoes. Et ne viens plus dans le débarras !

Tant que la Jakkepoes resta auprès de ses petits, il n'y eut pas de problème, mais dès qu'elle les quitta, pour passer dans la cuisine et aller dans son bac à litière… quel désastre !

Juste à l'instant où Tibber entra, un combat acharné était en cours. Une boule hurlante roulait de tous côtés sur le plancher, tandis que des touffes de poils voltigeaient à la ronde.

— Grands dieux ! s'écria Tibber. Nous avons encore un chat de plus, ici ?

— Nous en avons même sept ! dit Minoes, en tentant de séparer les combattants.

Elle raconta à Tibber ce qui était arrivé.

— Ça signifie donc que Helmit a fourré des chatons vivants dans un sac-poubelle ? demanda Tibber.

— Exactement ! répondit Minoes.

Cette fois, Tibber se fâcha pour de bon.

Chapitre 13

Tibber écrit !

— Huit chats dans la maison, marmonnait Tibber. Ou plutôt neuf… si je compte Minoes. Quelle histoire !

Oui, c'était une drôle d'histoire. Les petits chats commençaient à se tenir sur leurs pattes. Ils se traînaient partout, grimpaient sur les chaises, se hissaient sur le banc et dans les rideaux, ils venaient s'asseoir sur les papiers de Tibber et jouaient avec son stylo. Mais il ne se fâchait pas. Il était même un peu honoré à l'idée que la Jakkepoes fût venue habiter chez lui. Il savait que cette vieille chatte vagabonde n'avait au grand jamais voulu venir chez les hommes… et voilà que maintenant cette Jakkepoes lui était montée une fois sur les genoux et lui avait même permis de la gratter derrière les oreilles !

— Maintenant, tu resteras chez nous jusqu'à la fin de tes jours ! lui dit Tibber.

— Tu crois ça ? cria la Jakkepoes, en sautant de ses genoux. Dès que ces petites canailles seront assez grandes, je reprendrai la clef des champs !

Tibber ne comprit pas ce qu'elle disait. Il était content, en tout cas, que la bagarre eût pris fin. Les deux grands chats se soufflaient au nez, de temps à autre, et ils restaient parfois des demi-heures entières assis l'un en face de l'autre à se regarder en grondant de rage, mais ils se dominaient.

Brusquement, Tibber déclara :

— Maintenant, silence, s'il vous plaît ! Je vais écrire !

Et d'un air furieux, il alla s'asseoir à son bureau. Minoes lui demanda, hésitante :

— Allez-vous écrire un article ?

— Oui, répondit Tibber.

— Oh ! fit Minoes. Vous allez écrire *cet* article ? Sur Helmit ?

— Oui, dit Tibber. Et je me fiche pas mal d'avoir des preuves ou non. Peu m'importe si j'ai des témoins ou si je n'en trouve pas !

Il se mit à taper à la machine. De temps en temps, il retirait un petit chat qui jouait dans ses cheveux et le déposait par terre. De temps en temps, il écartait deux petits chats qui rampaient sur son papier. Mais il tapait, il tapait toujours.

La Jakkepoes et Flouf en oubliaient leur rivalité. Tous deux restaient là à regarder, muets, respectueux, tandis que la nouvelle courait sur tous les toits de la ville : « Tibber écrit ! Tibber s'est décidé à écrire son article ! Tu le sais ? Ça va enfin passer dans le journal !... Oui, oui, Tibber écrit ! »

Quand Tibber eut terminé son article, il le porta aussitôt au journal.

Dans l'entrée de l'immeuble, il croisa le Chat-de-la-rédaction. Pour la première fois, celui-ci le regarda avec une admiration respectueuse.

Et quand il eut déposé son article et rentra chez lui en traversant le Marché-aux-Herbes... il remarqua soudain qu'il y avait dans les rues beaucoup plus de chats que d'habitude. Ils venaient vers lui, se frottaient, caressants, à ses jambes et s'écriaient : « C'est bien !... Enfin ! »

* * *

M. Helmit était assis dans le bureau du rédacteur en chef du *Courrier de Killenbourg.* Il avait étalé sur la table le journal du jour, et il montrait du doigt un article.

— Qu'est-ce que ça signifie ? demanda-t-il, blanc de rage, d'une voix frémissante.

Le rédacteur en chef se mit à mordiller ses ongles avec nervosité.

— Je n'en savais malheureusement rien, dit-il. Je n'ai même pas lu ce papier auparavant... Il est passé dans le journal sans que je le voie...

— Ce n'est pas mon affaire ! cria Helmit. Ce sont d'ignobles racontars, et c'est *votre* journal qui les publie !

Le Chat-de-la-rédaction était assis sur le rebord de la fenêtre, oreilles dressées pour mieux entendre, ouvrant de grands yeux angoissés.

— Je suis absolument désolé, soupira le rédacteur en chef. Le jeune homme qui a écrit ça a toujours été digne de confiance… Il rédige d'excellents articles… Il ne rapporte jamais de ragots… c'est toujours la vérité…

— Vous allez peut-être prétendre que ce qu'il a écrit est vrai ? rugit M. Helmit.

— Oh, non, certainement pas !

« Mon rédacteur en chef est un lâche, lui aussi ! » pensa le chat.

— … je voulais seulement dire que je n'avais pas besoin de lire ses articles à l'avance… ils étaient toujours exacts… Et celui-ci a donc paru dans le journal sans que je sois au courant…

— J'exige, dit M. Helmit en frappant du poing sur le bureau, j'exige que ce jeune homme écrive aujourd'hui même un nouvel article pour démentir ce qu'il a dit !

— Excellente solution ! fit le rédacteur en chef, soulagé. C'est ce que nous ferons.

Le Chat-de-la-rédaction n'écouta pas plus longtemps. Il sauta du rebord de la fenêtre et se dépêcha de gagner le toit de Minoes.

— Écoute ! lui dit le chat.

Minoes écouta.

— Merci ! lui dit-elle ensuite.

Et elle rentra pour tout raconter à Tibber.

— Eh bien, fit ce dernier, je sais maintenant ce qui m'attend !

Le téléphone sonna. C'était le patron de Tibber.

— Il faut que j'aille au journal, dit Tibber à Minoes un instant plus tard. Le patron veut me parler immédiatement.

Neuf paires d'yeux de chats le suivirent quand il s'engagea dans l'escalier.

* * *

— C'est pourtant très raisonnable, ce que je te demande, Tibber ! dit le rédacteur en chef. Tu as commis une erreur monumentale ! Tu as écrit quelque chose d'offensant pour un de nos concitoyens bien connu et estimé de tous ! Et pas seulement offensant, mais également faux, par-dessus le marché ! Au nom du ciel, comment as-tu pu avoir une idée semblable ! Penser que M. Helmit aurait renversé le poissonnier !

— C'est la vérité, déclara Tibber.

— Quelles preuves as-tu ? Quels témoins ? Qui donc l'a vu ?

— Quelques personnes sont au courant, dit Tibber.

— Tiens ! Tu connais leurs noms ? Pourquoi n'ont-elles rien dit ?

— Parce qu'elles ont peur de M. Helmit. Il les tient sous sa coupe. Elles n'osent pas parler.

— Eh bien, soupira son patron, tout cela me paraît complètement invraisemblable. Mais comme je te l'ai dit, tu as une chance de tout arranger. Tu n'as qu'à écrire un article très gentil sur M. Helmit. Tu y diras naturellement qu'il s'agissait d'une stupide erreur de ta part, et que tu es désolé. En outre, il demande que tu écrives quelques mots aimables sur la fabrique de déodorant. Que tu dises comme c'est agréable d'y aller travailler, que tu parles des délicieux parfums que l'on met dans des vaporisateurs... Tu diras aussi qu'on ne pourrait pas vivre s'il n'y avait plus de déodorant ! Et qu'il est indispensable que la fabrique soit agrandie. Tu vas donc écrire ça aujourd'hui même, Tibber. D'accord ?

— Non ! dit Tibber.

Il y eut un instant de silence. Le Chat-de-la-rédaction était de nouveau assis sur le rebord de la fenêtre, et il adressa à Tibber un clin d'œil d'encouragement.

— Non ? Que veut dire ce *non* ? Que tu ne le feras pas ?

— Exactement.

— Cessons de plaisanter ! fit son patron. Tu travaillais si bien, ces derniers temps. Et maintenant, tu veux briser ta carrière par ton obstination ?... Sois donc un peu raisonnable, Tibber !

Tibber regarda le Chat-de-la-rédaction droit dans les yeux.

— Je suis désolé, déclara-t-il, mais je ne le ferai pas.

— Dommage ! soupira son patron. Alors, je n'ai plus rien à te dire. Tu peux partir.

Et Tibber s'en alla.

Dans la rue, il rencontra M. Berger.

— Qu'est-ce que tu as encore fait, Tibber ? demanda celui-ci. Je viens de trouver le journal dans ma boîte aux lettres, et qu'est-ce que j'y lis ? De méchants racontars, des mensonges ! M. Helmit, président de la Société des Amis des Animaux, aurait fourré des petits chats dans un sac-poubelle ? Et c'est lui qui aurait écrasé le poissonnier ?... et il ne l'aurait pas déclaré ?... et il aurait commis un vulgaire délit de fuite ? Voyons, Tibber, d'où as-tu tiré tout ça ? Comment peux-tu avoir de telles idées ? Quelle honte ! Et moi qui voulais te demander de venir assister à ma conférence. La semaine prochaine, je parle du « chat à travers les siècles ». Je voulais te demander d'écrire un article là-dessus, mais je ne sais plus trop si tu es la personne qualifiée pour le faire !

— De toute façon, ce n'est pas possible, dit Tibber. Parce que je suis renvoyé du journal.

Et il rentra chez lui, de très mauvaise humeur.

— Et voilà, je suis quand même renvoyé, *mademoiselle* Minoes ! annonça-t-il. La première fois, j'ai pu garder ma place grâce aux chats... maintenant je la perds à cause d'eux ! Mais je ne regrette rien.

Il s'était assis sur le banc, et tous les chats s'étaient placés autour de lui, très sérieux. Même les petits remarquaient que l'instant était grave, et ils ne jouaient que discrètement avec ses lacets de souliers.

— Nous n'avons quand même pas renoncé, déclara Minoes. Ce soir, il se passera des choses. Dès la tombée de la nuit, tous les chats du quartier se réuniront sur notre toit. Ce sera un congrès-Miaou.

Ce soir-là, Tibber resta chez lui, avec les chatons, trop petits pour aller assister à la réunion. Il entendait l'écho du congrès-Miaou. Combien de chats y participaient, il n'en savait rien, mais d'après le vacarme, il estimait qu'il y en avait plus d'une centaine. Ils hurlaient et, de temps en temps, chantaient l'*Hymne Miaou-Miaou.*

Vers onze heures du soir, on sonna chez lui.

C'était Mme Van Dam. Elle émergea de l'escalier, en soufflant, toujours vêtue de son manteau de fourrure, et dit d'un ton mordant :

— Monsieur Tibber, je viens de parler de vous avec mon mari, et nous estimons qu'il faut en finir !

— Que voulez-vous dire par là ? demanda Tibber.

— Ce n'est plus une maison convenable, depuis que vous y habitez ! C'est devenu un foyer pour chats ! Écoutez donc un peu !... Écoutez vous-même !...

Sur le toit, les chats se déchaînaient de nouveau.

— Ce n'est plus supportable ! cria Mme Van Dam. Et là, que vois-je ?... Six petits chats... encore ! J'ai l'impression qu'il s'agit des mêmes petites horreurs que j'avais enlevées de ma caravane ! Six petits chats, plus deux grands, plus cette étrange demoiselle qui ressemble davantage à un chat qu'à un être humain... Cela fait neuf ! Plus la centaine sur le toit, cela fait cent neuf !

— Plus vingt chats morts, dit Tibber, cela fait cent vingt-neuf.

— Que voulez-vous dire ?

— Je fais allusion à votre manteau. Il se compose de vingt chats morts !

Alors Mme Van Dam laissa éclater sa fureur.

— C'est le comble de l'insolence ! hurla-t-elle. Mon manteau de vison ! Prétendriez-vous qu'il est fait en peaux de chats ? Essayez-vous de m'offenser, comme vous avez offensé cet honorable M. Helmit dans votre journal ? Oui, j'ai lu votre article ! C'est une véritable honte ! Et c'est pourquoi j'ai décidé avec mon mari que vous deviez partir d'ici, partir de *ma* mansarde avec tout votre capharnaüm de chats ! Vous pouvez rester jusqu'à la fin du mois. Ensuite, je loue le grenier à quelqu'un d'autre. Bonsoir !

— Je n'aurais pas dû parler de ce manteau de fourrure ! se dit Tibber lorsqu'elle fut partie. Cela n'aurait sans doute pas changé grand-chose, car elle m'aurait de toute façon donné congé, mais ma réflexion n'était quand même pas gentille ! Et maintenant, au lit !

Tibber alla se coucher. Il était si fatigué qu'il parvint à s'endormir, bercé par le vacarme du congrès-Miaou, et sans même sentir les six petits chats qui venaient gratter et jouer autour de sa tête. Il n'entendit pas la Jakkepoes qui appelait ses enfants à grands cris. Il ne remarqua pas non plus que Minoes regagnait son carton.

Quand il s'éveilla, il était huit heures du matin. Qu'y avait-il donc, au fait, de si terrible ?... se demanda-t-il. Ah, oui, il avait perdu sa place au journal, et il avait perdu son logement ! Qu'allait-il faire maintenant ? Où pouvait-il se loger avec ses neuf chats ? Et comment gagner le poisson quotidien pour une si grande famille de chats ? Il voulut en parler avec Minoes, mais elle était déjà sortie.

Elle se trouvait dans le jardin public, avec Bibi.

— Les chats de Killenbourg ont un plan, lui disait-elle. Et nous voulons te demander si tu veux nous aider, Bibi.

— Bien sûr, fit Bibi. Comment ?

— Je vais t'expliquer en détail, fit Minoes. Écoute bien.

Chapitre 14

L'invasion des chats

M. Helmit traversait la rue. Il avait laissé dans un stationnement sa grosse voiture bleue — de nouveau impeccable — et il se dirigeait vers une boutique de marchand de chaussures.

Pour la première fois, il fut frappé par le nombre surprenant de chats qui vivaient à Killenbourg. Il ne pouvait faire un pas sans qu'un chat vînt se jeter dans ses jambes, parfois même se glisser entre ses pieds. Il trébucha par deux fois sur un chat.

— Il serait urgent de s'en débarrasser ! se

dit-il. Une vraie plaie, tous ces chats ! La prochaine fois, j'emmènerai Mars.

Au bout d'un moment, il remarqua que les chats le suivaient. Tout d'abord, il n'y en eut qu'un qui courut derrière lui, puis, quand il se retourna un peu plus tard, ils étaient huit.

Quand il arriva devant la boutique, ils étaient plus de dix. Tous le suivirent à l'intérieur.

— Kss ! fit M. Helmit, irrité.

Il les chassa de la boutique, mais ils entrèrent de nouveau avec le client suivant. Et pendant qu'il essayait des chaussures, et se trouvait donc « désarmé », en chaussettes, ils se pressèrent autour de lui.

— Est-ce que tous ces chats sont à vous, monsieur ? demanda la vendeuse.

— Absolument pas ! s'écria M. Helmit. Ils m'ont suivi.

— Voulez-vous que je les chasse ?

— Oh, oui, je vous en prie.

On chassa donc les chats, mais dès que la porte se rouvrit devant deux nouveaux clients, toute la horde se rua de nouveau à l'intérieur, et vint s'agglutiner dans les jambes de M. Helmit. Il avait une folle envie de leur donner des coups de pied, il leur aurait volontiers jeté de lourdes chaussures à la tête, mais il y avait trop de clients dans la boutique. Tout le monde le connaissait. On savait qu'il était le président de la Société des Amis des Animaux, et c'est pourquoi il n'osait faire du mal aux chats.

— Du moins, pour l'instant, se disait-il avec rage. Mais attendez un peu, j'en trouverai l'occasion !

L'occasion se présenta bientôt. Toute la bande le suivit dans la rue. Tant que des gens risquaient de le voir, il n'osa rien entreprendre. Mais près de l'école, dans une rue déserte, il se retourna vivement et, ne voyant personne, il allongea un bon coup de pied au chat de la boulangère. Les chats se dispersèrent dans toutes les directions.

— Et voilà ! fit M. Helmit, avec satisfaction.

Mais quand il arriva auprès de son auto et ouvrit la portière, il aperçut huit chats à l'intérieur. Cette fois, cela l'exaspéra au point qu'il allait les jeter brutalement dehors, quand une voix dit, derrière lui :

— Regardez-moi ça !... Comme c'est charmant !

Il se retourna et vit M. Berger qui l'observait en souriant.

— Tant de chats dans votre voiture ! s'exclama le vieil homme. Quel merveilleux ami des bêtes !

— En effet, fit M. Helmit avec un sourire forcé.

— Vous viendrez certainement demain à ma conférence ? demanda M. Berger. Cela vous intéressera tout particulièrement : « Le chat à travers les siècles ». Avec de magnifiques diapositives. Vous viendrez ?

— Bien sûr, répondit M. Helmit.

Les chats étaient tranquillement sortis de l'auto. M. Helmit retourna à son usine. Il avait un important rendez-vous avec le maire, dans son bureau ; il voulait lui parler de l'extension de la fabrique de déodorant, mais les chats l'avaient retardé. Lorsqu'il entra dans son bureau, le maire l'attendait.

M. Helmit s'excusa de son retard, offrit un cigare à son visiteur et commença à lui exposer son plan d'agrandissement de la fabrique.

— Beaucoup de nos concitoyens sont contre cet agrandissement, lui objecta le maire.

Ils craignent que les odeurs ne se répandent dans toute la ville.

— Mais ce sont de délicieuses odeurs ! assura M. Helmit. Notre nouveau parfum est *Fleur de pommier*. Puis-je vous le faire sentir ?

Comme il se retournait pour prendre l'atomiseur, il vit trois chats qui sautaient dehors par la fenêtre. Il étouffa un juron.

— Sentez donc comme c'est merveilleux ! dit-il.

Le maire renifla.

— *Fleur de pommier !* fit M. Helmit.

Il renifla lui aussi. Mais ce qu'ils sentirent, tous deux, n'avait rien de commun avec la fleur de pommier. Toute la pièce sentait horriblement le chat.

« Pipi de chat ! » faillit s'écrier le maire. Mais c'était un homme bien élevé, et il se contenta de dire :

— Hum ! ça sent très bon.

À midi, M. Helmit prit son chien dans sa voiture, au cas où une bande de chats le poursuivrait de nouveau.

Et ils étaient là, dispersés dans le stationnement, les uns tout près, d'autres plus loin. Le stationnement fourmillait de chats. M. Helmit tint la porte ouverte en disant :

— Allez, sors, Mars ! Regarde, Mars !... Minet ! Minet ! Attrape !

À sa grande surprise, le chien resta dans l'auto en gémissant doucement. Il ne voulait pas sortir.

— Qu'est-ce qui se passe ? Tu n'as tout de même pas peur des chats ?

Mais Mars ne bougea pas une patte. Il avait beau gronder de façon menaçante, il n'osait pas se risquer dehors. Il voyait la Jakkepoes. Elle était là, tout près de lui. Certes, elle boitait, et n'était plus aussi agile qu'auparavant, mais elle semblait la plus vaillante du lot. Elle avait un air si méchant, si perfide, une expression si diabolique sur son visage barbouillé de chat !... Mars sentit de nouveau la douleur de l'égratignure qu'elle lui avait infligée sur le museau, dans son propre jardin. Et tous ces autres chats, en plus ! Ils étaient si nombreux qu'il ne se sentait pas de taille à les affronter. Il resta à l'abri.

— Quel chien ! fit M. Helmit avec mépris.

Il regarda autour de lui. Beaucoup de

chats… très peu de gens… et personne ne regardait par ici… Il empoigna le fouet réservé d'ordinaire à son chien, et distribua quelques bons coups à droite et à gauche. Œcuménie, la chatte du pasteur, en reçut un, et elle s'enfuit en criant vers le temple de la ville, les autres disparurent de tous les côtés, comme un essaim de frelons effarouchés. Mais exactement comme des frelons, ils revinrent, la Jakkepoes en tête, et M. Helmit fut de nouveau entouré par la horde. Il démarra en trombe.

Dans la soirée, ils apparurent dans son jardin !

Jusqu'alors, Mars avait tenu les chats éloignés. Jamais l'un d'eux n'avait osé pénétrer dans le jardin, sauf quand le chien était enfermé. La Jakkepoes en savait quelque chose !

Et soudain, ce soir-là, ce fut l'invasion !

— Des minets, Mars ! cria M. Helmit. Attrape ! attrape !

Mars bondit sur place, dans la pièce, devant la porte-fenêtre ouverte, mais sans oser sortir.

— Je ne comprends pas ce qui est arrivé à ce chien ! dit M. Helmit, furieux, à sa femme.

Il a peur des chats ! Tu as déjà vu ça ? Un berger allemand qui a peur des chats.

— Je crois qu'ils sont en train de creuser dans notre parterre de roses ! cria sa femme. Chasse-les donc ! Tiens, prends cette bouteille. L'autre jour, tu as touché comme ça cet affreux chat de gouttière !

M. Helmit se précipita dans le jardin, sa bouteille à la main.

— Sales bêtes ! hurla-t-il. Maintenant, nous sommes seuls, vous et moi ! Je suis dans mon jardin, et je vais vous…

Il frappa comme un sourd, de tous côtés, mais ne réussit qu'à abîmer ses rosiers et à se piquer douloureusement. Les chats s'étaient dispersés entre les arbres et les buissons.

— Attention, si vous osez revenir ! cria furieusement M. Helmit à travers le feuillage des buissons.

Il rentra dans la maison, mais sa femme lui dit :

— Les voilà de nouveau.

— Où donc ?

— Dans le parterre de rosiers. Toutes nos roses vont être perdues !

— Finissons-en ! rugit son mari. Cette fois, ils dépassent la limite. Heureusement que personne ne nous voit ! Donne-moi mon fusil de chasse !

Elle alla le lui chercher.

Le fusil à la main, il passa sur la terrasse. Bien que ce fût déjà le soir, un dernier rayon de soleil printanier, se glissant entre les arbres, tombait sur le parterre, où une dizaine de chats étaient en train de déterrer les rosiers, les yeux étincelants de plaisir.

— Et maintenant, je vous ai, sales bêtes ! dit à mi-voix M. Helmit.

Il épaula, visa…

Le siamois Simon était le plus proche de toute la bande. Il regarda l'homme en louchant affreusement, mais ne bougea pas d'un pouce. Sept chats s'enfuirent, épouvantés ; trois restèrent sur place : le chat du maire, la Jakkepoes et Simon le chat écolier. Juste avant que le coup partît, ils se dispersèrent… à la toute dernière seconde! Seule, la Jakkepoes traîna encore un peu sur la pelouse en boitant, mais avant que M. Helmit ait eu le temps de viser de nouveau, elle avait disparu dans l'ombre.

M. Helmit fit demi-tour, et il allait rentrer chez lui quand il aperçut soudain la fillette. Une petite fille dans son jardin ! Elle allait s'enfuir, mais il vit qu'elle riait. Elle se moquait de lui !

— Qu'est-ce que ça signifie ? Qu'est-ce que tu fais ici ? cria-t-il.

La fillette était prise d'un tel fou rire qu'elle ne put donner de réponse.

Hors de lui, ne se maîtrisant plus, M. Helmit saisit l'enfant par le bras, la secoua violemment, puis lui asséna une gifle.

— Et maintenant, sors de mon jardin, espèce de chipie ! hurla-t-il.

On eut d'abord l'impression que Bibi allait se mettre à pleurer. Mais dès qu'elle fut dehors, de l'autre côté de la haie, elle recommença à rire.

Elle attendit dans la rue. Minoes apparut, se glissant par un trou de la haie, et derrière elle la Jakkepoes, suivie de tous les autres chats, les uns après les autres.

Durant tout le reste de la soirée, on laissa les rosiers en paix.

Chapitre 15

Le chat à travers les siècles

— C'est ce soir la conférence, dit Minoes. La conférence de M. Berger, à l'hôtel Monopole.

— Oui, je sais, répondit Tibber. Mais je n'irai pas.

— Il y aura des photos, ajouta Minoes. De toutes sortes de chats peu ordinaires. Des photos en couleurs.

— C'est possible, admit Tibber, mais je n'irai quand même pas. Je n'ai plus d'article à écrire, je ne travaille plus pour le journal. D'ailleurs, j'ai suffisamment de chats autour de moi. Non, merci !

— Je crois qu'il y aura beaucoup de monde, insista Minoes.

— Justement ! Et c'est pourquoi j'aime mieux ne pas y aller. M. Helmit sera là, lui aussi, naturellement, puisqu'il est le président de la Société. Je ne veux plus le voir.

— Eh bien, j'irai ! déclara Minoes.

Tibber la regarda avec étonnement. Cette Minoes, qui était si timide, qui avait si peur d'aller dans les endroits où il y avait beaucoup de monde !...

— Et je trouverais particulièrement gentil de votre part si vous vouliez m'accompagner ! ajouta-t-elle.

Il y avait dans sa voix un accent qui lui fit sentir que quelque chose de particulier se préparait. Il ne pouvait deviner quoi, mais après une brève hésitation, il dit :

— Bon, c'est d'accord !

Une petite affiche avait été apposée devant l'hôtel :

SOCIÉTÉ DES AMIS DES ANIMAUX

Ce soir :
« Le chat à travers les siècles »
Conférence de M. W. Berger.
Avec projection de diapositives en couleurs.

Tibber et Minoes furent les derniers à entrer. La salle était pleine, car M. Berger était aimé de tous. De plus, il savait merveilleusement raconter. Et les gens de Killenbourg aimaient aussi beaucoup les chats.

Au premier rang, on remarquait M. Helmit, qui devait prononcer quelques mots d'accueil.

Comme la séance n'avait pas encore commencé, les gens bavardaient entre eux, et lorsque Tibber et Minoes cherchèrent une place, on chuchota autour d'eux, et on les montra du doigt. Juste derrière eux, deux vieilles dames disaient à voix basse :

— C'est le jeune homme du journal, tu sais ? Avec sa secrétaire.

— Il a bien été mis à la porte, n'est-ce pas ?

— Ah, oui ! vraiment ?

— Oui, il avait écrit un article infâme sur M. Helmit !

— C'était lui ?

— Parfaitement ! Il avait signé son « papier ». Et il disait que notre cher M. Helmit avait écrasé le poissonnier !

— Ah, oui ! et aussi qu'il avait fourré dans un sac-poubelle six petits chats vivants. Quelle honte, d'écrire des choses semblables ! Sans la moindre preuve !

Tibber entendait tout. Il se sentait de plus en plus malheureux, et regrettait d'être venu. Minoes, assise à côté de lui, avait quelque chose de « chattesque » et de mystérieux sur le visage. Elle paraissait très calme… on aurait dit qu'elle ne se souciait de personne autour d'elle.

Un peu plus loin, en avant, Bibi avait pris place avec sa mère.

Enfin M. Helmit s'avança vers l'estrade pour souhaiter la bienvenue au conférencier. Il fut salué par de chaleureux applaudissements. Tout en applaudissant, les gens se retournaient de temps à autre vers Tibber. Comme s'ils voulaient dire : « Tu peux toujours écrire tes méchants racontars !… nous ne te croyons pas ! Nous avons confiance en notre cher Helmit ! »

Celui-ci s'inclina avec un aimable sourire. Il ne prononça que quelques mots, puis céda la place à M. Berger.

Ce fut une conférence passionnante. M. Berger parla des chats chez les anciens Égyptiens, il parla du chat au Moyen Âge, il fit passer des diapositives.

— Maintenant, nous allons faire une pause, dit-il enfin, après avoir parlé près d'une heure. Vous pourrez en profiter pour aller prendre un rafraîchissement au buffet. Mais auparavant, je voudrais encore vous montrer un très beau chat de race, de l'époque de la Renaissance…

On vit en effet un chat apparaître sur l'écran. Mais il ne s'agissait pas d'un chat de race !… C'était le chat de la boulangère ; il était sur le Marché-aux-Herbes et recevait un coup de pied de M. Helmit, que l'on voyait très distinctement sur la photo. Assurément, la photo n'était pas fameuse, elle était toute de travers, mais personne ne pouvait s'y tromper.

Tibber se redressa sur son siège. Il regarda Minoes, et elle lui sourit.

— Mais c'est mon chat ! s'exclama le boulanger, au deuxième rang.

M. Berger frappa violemment de sa canne sur l'estrade, tout en criant :

— Ce n'est pas la bonne photo !

Un murmure monta de la salle. Puis la diapositive suivante apparut, et l'on y vit très nettement M. Helmit frapper Œcuménie, le chat du pasteur, avec le fouet de son chien. Cela lui faisait vraiment plaisir, on le voyait à son visage.

— Mais c'est notre chat ! s'écria le pasteur.

Déjà l'image suivante apparaissait. Elle représentait M. Helmit dans son jardin, près de la terrasse, armé d'un fusil de chasse. Il visait trois chats.

— C'est mon Simon ! cria M. Berger, indigné.

— Notre Finette ! murmura la femme du maire.

La Jakkepoes s'y trouvait aussi, mais personne ne se soucia d'elle, sauf Tibber qui, déconcerté, regarda Minoes. Elle lui fit de nouveau un signe de tête amical. Et soudain, tout lui sembla clair. Il comprit que c'était Bibi qui, dans la rue et dans le jardin de Helmit, avait pris ces photos avec son nouvel appareil. Il n'y avait que Bibi pour photographier de travers !

Dans la salle, on chuchotait de plus en plus fort. Tout le monde regardait M. Helmit. Il faisait assez sombre, mais on vit qu'il s'était levé et se dirigeait vers l'estrade.

— Ce n'est pas vrai !... cria-t-il. Ce n'est pas moi !

Clac ! une autre photo apparaissait, encore plus de travers que les précédentes, mais tout de même très nette : M. Helmit empoignait une fillette par le bras et la giflait. La fillette, c'était Bibi.

— Mensonge ! cria M. Helmit. Je vais tout vous expliquer ! C'est un trucage, un piège...

Dans le public, on parlait maintenant si fort que personne ne comprit ce qu'il disait. Il se précipita alors vers le fond de la salle, où se trouvait le projecteur. Willem, le garçon de la cantine, le faisait fonctionner.

— Arrête ça immédiatement ! ordonna Helmit.

— C'était la dernière, dit Willem.

— Espèce de… commença l'homme, fou de rage. D'où sortent ces photos ?

— Je n'ai fait que passer toute la série, expliqua Willem. Comme d'habitude.

— Mais comment les dernières se sont-elles glissées au milieu des autres ?

— Ça, je n'en sais rien ! répliqua Willem.

Un véritable tumulte avait éclaté dans la salle, et M. Berger essayait d'apaiser l'atmosphère.

— Mesdames et messieurs, criait-il, tout cela découle d'un déplorable malentendu ! Je suggère que nous allions prendre une tasse de café au buffet, ensuite je continuerai ma conférence.

— Tu es renvoyé ! eut le temps de siffler M. Helmit à Willem.

Il revint dans la salle où les gens s'étaient levés, bavardaient par groupes et se pressaient devant le buffet. Partout où M. Helmit passait, le silence se faisait. Il aurait voulu tout expliquer, mais il n'y avait rien à expliquer. Les photos n'avaient été que trop nettes. M. Helmit fit un geste d'impuissance et quitta la salle.

Dès qu'il fut sorti, les conversations reprirent dans tous les coins.

— C'est incroyable ! disait la femme du maire. Le président de la Société des Amis des Animaux ! Et il a tiré sur des chats, sur notre Finette !

— Il a giflé ma fille ! criait la mère de Bibi. C'est encore pire ! Quel scandale, pour un président de l'association de l'Aide à l'Enfance !

Bibi restait bien sagement assise, comme si elle n'avait rien à voir avec tout cela.

— Pourquoi ne m'en as-tu rien dit ? lui demanda sa mère. Pourquoi ne pas m'avoir dit que cet homme t'avait battue ?

Mais Bibi ne répondit rien. Elle regarda seulement Tibber par-dessus sa bouteille de cola, et murmura :

— Pas mal, n'est-ce pas ?

— Fameux ! dit Tibber.

— La photo de moi, c'est Minoes qui l'a prise, ajouta Bibi. Elle était montée dans un arbre.

Tibber chercha des yeux Minoes. Dans la cohue, ils avaient été séparés. Il parcourut la salle, en captant au passage des bribes de conversations.

Les deux vieilles dames discutaient de nouveau :

— Bien possible qu'il y ait du vrai là-dedans !

— Dans quoi ?

— Dans cet article du journal, tu te rappelles ? Où l'on disait que Helmit avait fourré les petits chats dans un sac-poubelle.

— Oui, bien sûr. Un homme comme lui est capable de tout. Et cette histoire du poissonnier, ça doit être vrai, également.

Un peu plus loin, M. Berger parlait avec Willem.

— Comment cela a-t-il pu arriver, Willem ? demandait-il. Ces photos à la fin... Étais-tu oui ou non au courant ? D'où venaient-elles ?

— C'est Mlle Minoes qui me les a remises, expliqua Willem. Elle m'a demandé de les faire passer juste avant l'entracte. Je ne savais pas pourquoi, mais elle me l'a demandé si gentiment...

— Bon, bon, fit M. Berger, bon, bon.

— Maintenant que j'ai perdu ma place, poursuivait Willem, je peux tout dire !...

— Quoi donc ?

— Que j'y étais.

— Où donc ?

— Sur la place, quand M. Helmit a renversé avec sa voiture l'éventaire du poissonnier.

— Mais voyons, mon petit ! s'exclama M. Berger. Voyons, pourquoi ne l'as-tu pas dit tout de suite ?

C'est alors que le mécano du garage intervint à son tour :

— Moi aussi, je vais raconter ce que je sais, déclara-t-il. L'auto de Helmit avait pas mal de dégâts !

— Ce n'est pas à moi qu'il faut raconter ça ! s'écria M. Berger. Vous devez tous deux le signaler à la police. Il y a peut-être un policier, ici dans la salle !

Il se précipita sur Tibber qui errait toujours çà et là.

— Tibber, lui dit-il, j'ai peur de t'avoir mal jugé. Je le regrette. Je crois que tu avais flairé juste. Il faut que tu écrives un article là-dessus, dès ce soir !

Tibber répliqua :

— Je ne fais plus partie du journal.

Minoes, elle aussi, passait entre les gens qui bavardaient et buvaient un café. De temps à autre, elle entendait ce que l'on disait :

— Ce Tibber avait quand même raison ! C'est exact, ce qu'il avait écrit !

— Tu crois vraiment ?

— C'est sûr.

Et Minoes fut satisfaite, car tel était le but du plan organisé par les chats.

Elle allait retourner à sa place, quand elle vit une forme noire à travers une porte vitrée. Il y eut un miaulement. Minoes poussa la porte et se retrouva dans le hall de l'hôtel. La forme noire, c'était le chat de l'hôtel, le Chat-Monopole.

— Il y a un bon moment que je t'appelle, dit-il d'un ton plaintif. Je n'osais pas me risquer dans cette cohue. Tout a bien marché ?

— Au petit poil, lança Minoes. Merci à tous les chats !

— Parfait ! fit le Chat-Monopole. Mais je t'ai appelée parce que quelqu'un t'attend, dehors.

— Qui donc ?

— Ta sœur. Dehors, en face de la porte tambour. À l'ombre du tilleul. Est-ce que tu viens ?

Minoes eut chaud et froid en même temps. Comme ce jour-là, dans le jardin de tante Moortje, lorsqu'elles parlaient de sa sœur, elle sentit une sorte de boule dans sa gorge.

— Je ne peux pas, répondit-elle. Il faut que je retourne à la conférence.

— Allons, viens ! dit le Chat-Monopole. En quoi ça t'intéresse, « Le chat à travers les siècles », quand un chat d'*aujourd'hui* est là qui t'attend ?

— Non, je n'y vais pas, déclara Minoes.

— Pourquoi ? Tu n'as tout de même pas peur de ta propre sœur ?

— Non... ou plutôt si !... reconnut Minoes. Dis-lui que je ne peux pas pour l'instant.

Et quand Tibber regagna sa place, Minoes était déjà assise sur la chaise voisine.

La conférence de M. Berger se poursuivit sans autre incident.

Chapitre 16

Le Chat-de-la-rédaction

Le lendemain matin, il y eut un fantastique va-et-vient sur le toit. Tous les chats de la ville étaient au courant. Les informations avaient circulé au cours de la nuit.

— Voici les meilleures nouvelles depuis la fin de la guerre de Cent Ans ! déclarait Simon le chat écolier.

Ils se retrouvaient tous, perchés sur le toit de la compagnie d'assurances. Jamais encore, Minoes n'avait eu tant de chats autour d'elle, en tout cas pas en plein jour. Elle avait apporté un sac rempli de morceaux de viande qu'elle distribuait. Œcuménie était si folle de joie qu'elle se mit à glapir d'une voix rauque, chose peu convenable pour la chatte d'un pasteur.

— Faut fêter ça ! criait-elle.

— Oui, nous allons fêter ça ! lui dit la Jakkepoes.

Elle était très fière d'avoir pu monter sur le plus haut toit de la ville, malgré sa patte infirme.

— Ce n'est pas encore le moment de faire la fête, objecta Minoes. Mon patron n'a toujours pas de travail, et il doit quitter son appartement dans quelques jours.

— Attends un peu... lui dit Simon. Des tas de choses peuvent arriver aujourd'hui. L'état d'esprit des gens a changé. On ne respecte plus Helmit. Mon maître est même furieux contre lui.

— Le mien aussi, dit le chat du maire.

— Toute la ville en parle ! ajouta le Chat-Monopole. Pas seulement les chats, les gens aussi.

Pendant ce temps, Tibber se trouvait dans sa mansarde, seul avec les six petits chats. Un peu perdu, il tournait en rond dans sa chambre. Soudain, on sonna.

C'était M. Van Dam, le propriétaire de son grenier. Il entra, l'air un peu embarrassé, et refusa de s'asseoir.

— Je ne fais que passer, dit-il. J'ai appris, jeune homme, que ma femme t'avait donné congé. Elle veut que tu quittes la mansarde. Mais elle t'a donné congé sans que je le sache. Elle n'aurait pas dû faire ça. Je ne suis pas d'accord.

— Asseyez-vous donc, je vous en prie ! lui dit Tibber.

M. Van Dam prit place sur le bout d'une chaise.

— Elle est un peu trop énergique, dit-il. Elle t'en voulait parce qu'il y avait trop de chats sur le toit. Mais je lui ai fait remarquer que tu n'y étais pour rien, cela vient du quartier. Il y a vraiment beaucoup de chats dans notre quartier !

Tibber approuva.

— Et si tu as toi-même des chats, poursuivit M. Van Dam, cela ne me gêne absolument pas. Elle trouve que si, mais pas moi !

— Je vous remercie, murmura Tibber.

— À part ça, elle te reprochait également ton article dans le journal, mais nous savons maintenant que tu avais raison. Tu disais vrai. Je viens d'apprendre à l'instant que c'est Helmit qui a écrasé le poissonnier. La police a enfin trouvé deux témoins.

— Oh ! fit Tibber, parfait ! Je n'ai pas de cigarette à vous offrir, monsieur, parce que je ne fume pas, mais si vous voulez un bonbon à la menthe…

— Très volontiers, dit M. Van Dam. Tu as aussi une… euh… une secrétaire… quelque part…

Il jeta un coup d'œil autour de lui.

— Oui, fit Tibber. Mais elle n'est pas ici. Elle est sur le toit.

— Tu as aussi de gentils petits chats, poursuivit M. Van Dam. J'aimerais bien en avoir un…

— Oh ! si vous voulez, dès qu'ils seront plus grands…

— Mais malheureusement, ma femme déteste les chats. Donc, ça règle la question. Mais je veux te dire encore une chose, Tibber : toi, tu restes ici ! Un point, c'est tout !

— Formidable ! soupira Tibber.

Il aurait bien voulu l'annoncer tout de

suite à Minoes, mais elle n'était pas là. Et tout de suite après le départ de M. Van Dam, le téléphone sonna.

C'était le patron de Tibber. Pouvait-il passer le plus tôt possible au journal ?

Une demi-heure plus tard, il était de nouveau assis à la place habituelle, devant le bureau de son patron. Le Chat-de-la-rédaction était de nouveau là, lui aussi, et il clignait de l'œil.

— Il semble bien que tu avais raison, Tibber, dit le rédacteur en chef. Tu n'as écrit que la vérité…

— Bien sûr que c'était vrai ! s'exclama Tibber, sinon je ne l'aurais pas écrit.

— Écoute un peu, reprit le patron. Je persiste à dire que tu n'avais pas la moindre preuve. Or, on ne doit jamais écrire quelque chose sans preuve à l'appui. Tu as donc commis une faute. Espérons que ça ne se renouvellera pas à l'avenir.

Tibber leva les yeux.

— À l'avenir ? répéta-t-il.

— Oui, car j'espère que tu vas de nouveau travailler avec nous au journal. D'accord ?

— Oh, oui ! très volontiers ! dit Tibber.

— Bon, c'est entendu. Et, Tibber, encore une chose avant que tu t'en ailles : il y a bien longtemps que tu n'as rien écrit sur les chats. Tu peux recommencer à le faire de temps en temps, pourvu que ce ne soit pas trop souvent.

— Épatant ! s'écria Tibber.

À peine l'entretien était-il terminé que le Chat-de-la-rédaction fila par la fenêtre ouverte et grimpa sur les toits pour transmettre la nouvelle à Minoes.

— Ton maître est repris au journal !

Minoes eut un soupir de soulagement.

— Et maintenant, tu peux donc tranquillement partir ! ajouta le chat.

— Partir ? Pour aller où ?

— Eh bien, ta sœur veut te reprendre. Pas vrai ? Tu vas pouvoir retourner dans ton ancienne maison !

— Je ne sais trop… fit Minoes, complètement déconcertée. Qui t'a dit ça ?

— Je l'ai appris en route… des chats en parlaient… N'avais-tu pas revu ta sœur ?

— Non, répondit Minoes.

— Alors, elle viendra tôt ou tard te chercher.

— Mais je ne veux pas ! protesta Minoes. J'ai quand même un patron, et il a toujours besoin de moi. Comment ferait-il autrement pour recueillir des nouvelles ?

— Il n'a plus besoin de toi, déclara le Chat-de-la-rédaction. Il a tant changé ! Il n'est plus du tout timide. Il ose maintenant toutes sortes de choses. Tu n'as rien remarqué ?

— Oui, fit Minoes, c'est vrai. Il ose aborder les gens et les questionner. C'est parce qu'il était si furieux contre Helmit qu'il est devenu courageux ! Il a appris à oser.

Alors qu'elle regagnait sa mansarde, Minoes rencontra la Jakkepoes, qui remit aussitôt sur le tapis l'histoire de la sœur.

— Elle te fait demander si tu vas enfin passer la voir, lui dit-elle. Je ne lui ai pas parlé directement, mais on fait circuler le message sur les toits… À ta place, j'irais !

— Oui ?… fit Minoes, hésitante.

— J'ai appris qu'elle avait trouvé un remède pour te guérir, insista la Jakkepoes. Quelle bénédiction ! Ce serait merveilleux de redevenir un chat… Ou bien je me trompe ?

Elle posa sur Minoes le regard inquisiteur de ses yeux jaunes.

— Je… euh… je ne sais plus, dit Minoes.

Elle trouva Tibber dans sa mansarde, rayonnant de joie.

— J'ai récupéré ma place et mon appartement ! s'écria-t-il. Nous allons fêter ça, avec un grand plat de poisson frit !

Tout à sa joie, il ne remarqua pas que Minoes restait silencieuse. Silencieuse et pensive, et ne manifestant pas la moindre gaieté.

Chapitre 17

Le choix de Minoes

Tibber fut réveillé par une patte duveteuse qui lui passait sur le visage. C'était Flouf. Il regarda son réveille-matin.

— Trois heures un quart, en pleine nuit !... grogna-t-il. Pourquoi me réveilles-tu, Flouf ? Veux-tu te recoucher tout de suite au pied du lit !

Flouf miaula de façon insistante.

— Tu veux me dire quelque chose ? Tu sais bien que je ne comprends pas. Va voir Minoes, elle doit être dans son carton.

Mais Flouf resta là, et il miaula si longuement que Tibber finit par se lever.

Minoes n'était pas dans son carton. Elle se trouvait sans doute encore sur le toit. Le jour commençait à paraître. Les petits chats jouaient dans le réduit, et Flouf attirait manifestement son maître vers la lucarne de la cuisine.

— Que se passe-t-il ? Il faut que je regarde dehors ?

Tibber se pencha par la lucarne et regarda au-dessus des toits. Sur le toit en pente, tout proche, il aperçut deux chats, la Jakkepoes, et un magnifique chat au pelage roux, avec une tache blanche sur la poitrine et un point blanc au bout de la queue. Tibber se pencha plus encore, et le cadre de la lucarne grinça. Le chat roux le regarda.

Tibber éprouva une telle frayeur qu'il faillit perdre l'équilibre et dut se cramponner au cadre de la lucarne. Ce chat roux, c'était Minoes ! Il reconnaissait les yeux de Minoes ! Et aussi le visage de Minoes, mais maintenant tout à fait chatte !

Il voulut appeler « Minoes ! » mais la surprise lui avait coupé la voix. Cela ne dura à vrai dire qu'un instant. Le chat roux se détourna et, en deux bonds agiles, disparut derrière un angle du toit.

La Jakkepoes ne bougea pas. Elle fit battre un peu sa queue, et le regarda de ses yeux jaunes, d'un air mystérieux.

Oppressé, Tibber se retira, s'assit sur le banc et se mordilla nerveusement les ongles.

— Absurde ! se disait-il. Des bêtises ! Qu'est-ce que je vais imaginer là ? Mlle Minoes va revenir d'un instant à l'autre.

Flouf vint se frotter contre lui et essaya de lui raconter quelque chose. Jamais encore Tibber n'avait tant regretté de ne pas savoir parler le « chattesque » ! En tout cas, il se passait *quelque chose* ! il le devinait !

— Que veux-tu me dire, Flouf ? Est-elle redevenue un chat ? Bah ! quelle bêtise ! se dit-il de nouveau. Je rêve encore à moitié... Je retourne me coucher.

Il essaya de se rendormir, mais sans succès, et il attendit, les yeux grands ouverts... Parfois, Minoes ne revenait au logis qu'au petit jour, et elle allait se coucher dans son carton. Mais cette fois, elle ne rentrait pas, et Tibber devenait de plus en plus inquiet. Il finit par se lever pour se faire une tasse de café.

Six heures du matin ! Minoes n'était toujours pas de retour. Tibber alla voir si elle avait laissé ses affaires : son gant de toilette, sa brosse à dents, et trois ou quatre autres choses. Tout était à sa place, et la petite valise se trouvait dans le réduit. Quelle chance ! Une chance ?... Pourquoi, au fait ? Si elle était redevenue chatte, elle n'avait plus besoin de ses affaires !

À six heures un quart, on sonna.

« C'est elle ! pensa Tibber. Elle est rentrée par la porte de la rue. » Hélas ! ce n'était pas Minoes, mais Bibi qui apparaissait sur le seuil.

— Si je viens d'aussi bonne heure, Tibber, lui dit-elle, c'est que j'ai eu une grande frayeur. Ce matin, j'ai regardé par ma fenêtre... Je regarde souvent sur les toits, comme vous le faites... Et j'ai vu passer Minoes...

— Oui ? fit Tibber. Et puis ?...

Bibi resta silencieuse et le regarda, désemparée.

— Continue, Bibi !

— Elle est redevenue chat ! déclara Bibi.

Elle hésitait, elle avait peur que Tibber ne se moquât d'elle. Mais Tibber restait grave. Il dit seulement :

— Voyons, Bibi… quelle bêtise !

Pourtant, son accent manquait de conviction.

— C'est la vérité vraie ! insista Bibi.

— Oui, je crois que je l'ai vue, moi aussi, reconnut Tibber en soupirant. J'ai voulu l'appeler, mais elle a filé. Où peut-elle bien être ?

— Je pense qu'elle a dû retourner dans son ancienne maison, dans son jardin d'autrefois…

— Quel jardin ?

— Rue Sainte-Emma. Elle m'a raconté une fois qu'elle avait habité, dans cette rue, une maison avec un cytise près de la terrasse. Quand elle était encore chatte, elle vivait là-bas…

Flouf se mit soudain à miauler.

— Je ne le comprends pas, fit Bibi, mais il doit dire que c'est vrai. Qu'allons-nous faire, Tibber ?

— Rien ! répondit-il. Que veux-tu que nous fassions ?

— Allons toujours rue Sainte-Emma, pour voir si elle y est retournée…

— Mais non, voyons !… Quelle bêtise !

N'empêche que, dix minutes plus tard, ils étaient en route, dans le petit matin.

Il y avait un bon bout de chemin à faire jusqu'à la rue Sainte-Emma, et ils eurent du mal à la trouver. C'était une petite rue, bordée de maisons blanches avec de grands jardins.

— Je ne vois nulle part de chat roux, dit Tibber. Pas plus que de cytise.

— Il doit être par-derrière, répondit Bibi. Je vais faire le tour des maisons. Il est encore très tôt, personne n'est levé.

* * *

Tout était calme dans la petite rue, en cette heure matinale. Les oiseaux chantaient, les fleurs se balançaient sous le vent. Tibber attendit Bibi auprès d'une clôture. Devant l'une des villas, il y avait une grande boîte à ordures. La villa elle-même n'était pas une simple maison d'habitation, mais donnait plutôt l'impression d'un bureau. Sur la façade, on pouvait lire, tracé en grandes lettres noires : *Institut de recherches biochimiques.*

Et soudain, Tibber se rappela ce que Minoes lui avait raconté un jour : quand elle était chatte, elle avait mangé dans une poubelle quelque chose qui l'avait métamorphosée. Il n'avait fait qu'en rire, mais maintenant, il se dit :

— Qui sait ?... avec toutes ces expériences scientifiques modernes... On a certainement dû jeter quelque produit qui n'a pas donné satisfaction !...

Bibi était de nouveau auprès de lui.

— Il s'agit certainement de cette maison, dit-elle en montrant une villa, à côté de l'Institut. Dans le jardin, par-derrière, il y a un cytise, mais je n'ai pas vu de chat. Elle a dû rentrer... *Oh ! regardez !*

Un chat roux venait de surgir dans le jardin de devant, sous un tilleul. Il regardait Tibber et Bibi, il les regardait bien en face, et, de nouveau, tous deux crurent voir les yeux de Minoes ! Le pire, c'était que ce chat tenait une grive dans sa bouche, une grive qu'il venait d'attraper, toute palpitante, encore vivante.

Bibi poussa un cri en agitant les bras, et l'instant d'après, le chat s'était enfui avec l'oiseau, à travers les buissons, filant vers l'arrière de la villa.

— Je lui cours après ! cria Bibi.

Mais Tibber la retint.

— Non, dit-il. L'oiseau est probablement blessé, et à demi mort... Alors, mieux vaut laisser faire les choses.

Ils restèrent devant la haie. Minoes avait disparu, Bibi éclata en sanglots.

— Allons, ne pleure pas, lui dit Tibber. C'est normal, hélas ! Les chats restent des chats ! Ils attrapent de temps en temps des oiseaux !

— Oui, Minoes avait parfois cet air-là, soupira Bibi. Un jour que nous nous promenions dans le jardin public, et qu'un petit oiseau s'était perché près de nous, elle le regardait avec ces yeux ! J'ai trouvé ça affreux, et j'ai crié : « Tu n'as pas le droit, Minoes ! » Alors elle a eu honte. Mais maintenant, elle n'a plus du tout honte, et c'est ce qui me fait pleurer !

Tibber n'écoutait qu'à moitié. Il se demandait s'il allait sonner. Il pourrait demander : « Pardon, madame, ce chat roux, est-ce qu'il n'a pas été absent de chez vous un certain temps ? »

Mais la dame qui habitait là ne devait pas encore être réveillée. C'était trop tôt. Et d'ailleurs... à quoi bon ? Elle répondrait vraisemblablement : « Oui, il est parti un certain temps, mais il est revenu. » À quoi cela l'aurait-il avancé ?

— Viens, on s'en va, dit-il.

— Tu ne veux pas l'emmener ? demanda Bibi.

— Non. C'est le chat de quelqu'un d'autre. Et j'en ai encore huit chez moi !

En silence, ils prirent lentement le chemin du retour.

Ah ! quel triste spectacle !... leur chère Minoes avec un oiseau vivant entre les mâchoires !

Chapitre 18

La soeur rousse

Il faisait encore nuit, et l'ombre était épaisse quand Minoes avait rencontré sa sœur sur le toit de la compagnie d'assurances.

Le chat de la boulangère lui avait dit :

— Ta sœur t'attend. C'est urgent. Va la trouver tout de suite !

Avant même de voir sa sœur, Minoes sentit l'odeur familière. L'odeur tout à fait particulière et bien connue de leur foyer… Aussi avait-elle proposé aussitôt :

— Faisons frotti-frotti-nez !

— Certainement pas ! répliqua la sœur avec humeur. Pas avant que tu sois redevenue convenable !

— Je ne sais trop si cela arrivera jamais.

— Mais si, ça se fera, et cette nuit même. Le moment est venu.

— Comment ça ?

— Je veux dire que ça peut se passer *maintenant*. Auparavant, ça n'allait pas, et plus tard ça n'ira plus. C'est ta dernière chance. Viens, suis-moi !

— Nous allons chez toi ?

— Je veux dire : chez *nous*, à la maison. Dans *notre* jardin.

À l'orient, le ciel semblait s'éclaircir. Minoes pouvait maintenant voir sa sœur plus distinctement. Elle n'avait pas l'air très aimable.

— Tu m'as chassée, une fois, lui rappela Minoes. Tu as dit que tu ne voulais plus jamais me voir. Tu étais furieuse aussi parce que j'avais emprunté à la dame une petite valise et des vêtements. Je ne pouvais tout de même pas partir comme ça !

— C'est pardonné et oublié, assura précipitamment la sœur. La dame n'a rien remarqué. Elle a tant de valises et tant de robes… Tu le sais bien.

— Mais tu étais surtout furieuse parce que je n'étais plus un chat. Tu m'as chassée du jardin à coups de griffes !

— C'est du passé. Tu peux revenir.

— Telle que je suis ?

— Écoute, dit la sœur. Cette nuit, tu peux guérir. Cette nuit ou, au plus tard, demain matin…

— Comment peux-tu en être si certaine ?

— Tu as peut-être su, dit la sœur, que j'ai *failli* avoir la même chose que toi ?

— Oui, tante Moortje me l'a appris.

— Ce n'était pas aussi grave que toi. Mais j'avais mangé moi aussi dans la boîte à ordures de l'Institut de recherches biochimiques, et il m'est arrivé des choses terribles. Mes moustaches ont disparu, ma queue s'est mise à rapetisser… j'avais d'étranges envies : j'aurais voulu marcher debout sur mes pattes de derrière ! Et passer sous la douche, au lieu de me laver avec ma salive et ma patte !

— Et alors ? demanda Minoes.

— C'est une grive qui m'a guérie. J'ai tout simplement mangé une grive. Elles viennent rarement chez nous, dans le jardin. Elles ne s'y posent qu'une fois, de temps en temps, sinon elles ne font que passer dans les airs. Mais par hasard j'en ai attrapé une, je l'ai dévorée, et c'est cela qui m'a guérie. Les grives mangent certaines herbes médicinales qui guérissent toutes les maladies, même la tienne.

— Et... il y en a maintenant, dans le jardin ?

— Oui, deux, mais rien que pour cette nuit. Peut-être encore demain matin. C'est pourquoi il faut que tu viennes tout de suite. Il commence déjà à faire jour.

Minoes resta silencieuse. Elle réfléchissait.

— Viens ! lui dit sa sœur. Viens à la maison !

— Mais j'ai déjà une maison, soupira Minoes. Une maison et un maître...

Elle se tut. La mansarde et le maître semblaient si terriblement lointains, et si peu importants, soudain ! Sa sœur avait une odeur chaude et familière...

— Te rappelles-tu quand nous attrapions des étourneaux dans le jardin ? lui demanda cette dernière. Te rappelles-tu comme notre jardin était beau au printemps ? Pense un peu au cytise… Il est en fleur pour l'instant… Si tu redeviens chatte, avec une queue, tu vas pouvoir passer sous ses fleurs d'or !… Tu pourras t'asseoir sur les genoux de la dame, et ronronner. Tu pourras de nouveau faire tout ce qui est « chattesque » et normal ! Pourquoi restes-tu là, à rêvasser et à hésiter ? Tu trembles, tu as froid. Viens avec moi, et tu auras bientôt une chaude fourrure.

Minoes tremblait de froid. Ce devait être merveilleux d'avoir de nouveau une chaude fourrure, se disait-elle. Oh ! s'étendre de tout son long au soleil sur les tuiles du toit, enveloppée dans son épaisse fourrure… rousse !… Quel plaisir d'avoir de nouveau des griffes, de les rentrer ou de les sortir selon son humeur ! Et de s'en servir pour griffer le pied d'une chaise flambant neuve !…

— Je t'accompagne, décida Minoes. Attends un peu…

— Non, je n'attends pas… le soleil va se lever. Que veux-tu faire encore ?

— Je voulais… je pensais… je dois reprendre ma valise… et mon gant de toilette, et…

— Et quoi encore ? s'écria la sœur. Tu as besoin de tout ça ? Un chat a-t-il besoin d'une valise ?...

— Je pensais... peut-être la rendre... la déposer quelque part... balbutia Minoes.

— Ne complique pas la situation ! dit la sœur, mécontente.

— Mais je dois quand même dire adieu...

— Dire adieu ? À qui ? À ton maître ? Tu es folle ? Il essaiera peut-être de te retenir ! Il t'enfermera !

— Laisse-moi au moins dire au revoir à la Jakkepoes ! s'écria Minoes, très malheureuse, et lui expliquer ce qui arrive... Elle n'est qu'à quatre toits d'ici !

— Attends-moi, c'est moi qui vais y aller ! siffla la sœur. Sinon, tu serais capable de changer d'idée. Reste ici. Je vais voir la Jakkepoes sur votre toit.

Elle fila sur les toits illuminés par l'aube, passa devant la lucarne de Bibi, atteignit la gouttière de Tibber.

Quand elle revint, elle annonça :

— Je te transmets bien le bonjour !

— De la part de qui ? demanda vivement Minoes.

— Pas de ton maître, répondit la sœur. Oui, je l'ai vu, il était à sa fenêtre, mais je lui ai filé sous le nez. C'est la Jakkepoes qui t'envoie le bonjour. Elle espère que tu passeras bientôt la voir, quand tu auras de nouveau une queue et des moustaches. Elle a dit aussi que je te ressemblais terriblement !

* * *

Le soleil brillait, haut dans le ciel.

Depuis des heures, Minoes se trouvait dans un hangar, au fond du jardin de sa maison, rue Sainte-Emma. Assise par terre, à côté de la tondeuse à gazon. Elle tremblait encore un peu, mais plus d'impatience que de froid. Bientôt, elle aurait de nouveau une fourrure ! se disait-elle. Bientôt… si cela réussissait !

Et cela n'avait toujours pas réussi. Sa sœur n'avait pas encore pu attraper la grive.

— Ce sera encore long ? demanda Minoes par la porte entrouverte du hangar. Le soleil est déjà haut !

— Ah ! surtout ne me tarabuste pas ! répliqua rageusement sa sœur. Laisse-moi tranquille ! Je vais aller me poster dans le jardin de devant.

Depuis le hangar, Minoes pouvait voir l'arrière de la villa où elle était née, et où elle avait joué, jeune chatte. Elle allait bientôt y rentrer, on lui donnerait une soucoupe de lait, on la caresserait. Et si elle se mettait à ronronner, personne ne lui dirait : « Fi donc ! *mademoiselle* Minoes ! »

Ici, dans le jardin, elle connaissait chaque arbre, chaque buisson. Un jour, elle avait attrapé une grenouille dans l'herbe, une autre fois, une taupe. Elle avait gratté la terre dans une plate-bande, elle avait creusé un petit trou entre les bégonias, et s'était perchée au-dessus, la petite queue tressaillante, les yeux fixes, comme font tous les chats. Puis elle avait recouvert le trou de terre quand elle avait terminé. Elle se sentait de plus en plus chat. Oui, ici cela réussirait, elle le sentait très nettement. Et très bientôt…

Un pépiement perçant la fit soudain tressaillir. Sa sœur rousse arriva en courant. Elle avait attrapé une grive et venait du jardin de devant. En ce même instant, Tibber et Bibi se trouvaient contre la clôture de la maison, mais Minoes n'en savait rien. Sa sœur accourait, triomphante.

Comme elle tenait la grive dans sa gueule, elle ne pouvait rien dire, mais dans ses yeux on lisait : « Je l'ai bien eue, n'est-ce pas ? »

L'oiseau pépiait, criait, et battait désespérément des ailes. Un instant, Minoes pensa : « Mmmm ! Délicieux ! »

Mais dès que sa sœur s'approcha d'elle, Minoes lui donna une belle claque en criant : « Lâche ça ! »

Effrayée, la sœur laissa échapper sa proie. La grive prit aussitôt son envol, maladroitement et en zigzaguant d'abord, puis tout droit, avec un léger gazouillis, vers le ciel, vers la liberté.

— Ça, c'est un comble ! fit la sœur d'une voix basse et menaçante.

— Je suis… je suis désolée… dit Minoes, qui se sentit toute honteuse.

— C'est trop fort ! siffla furieusement la

sœur. Toute une nuit… toute une nuit, je me suis échinée pour toi ! Enfin, je l'attrape… en réunissant toutes mes forces, toute mon intelligence… J'attrape une de ces grives, si rares ! Parce que je sais que c'est ta dernière chance, parce que tu es ma sœur. Et voilà le résultat !

— Je n'ai pas pu m'en empêcher !… balbutia Minoes. Je n'ai pas réfléchi…

— Tu n'as pas réfléchi ! La belle excuse ! Après tout ce que j'ai fait pour toi. Ça alors !

— Ç'a été plus fort que moi ! gémit Minoes. Et il y en a encore une autre, n'est-ce pas ?… Tu ne m'avais pas dit qu'il y avait deux grives ?

— Tu ne crois tout de même pas que je vais retourner à la chasse pour toi ! cria la sœur, hors d'elle. Sais-tu ce que tu es ?… Tu es un *être humain* ! Exactement comme ma madame ! Comme *notre* madame, plutôt, car c'était aussi la tienne, autrefois. Oui, elle aime bien manger du poulet, mais malheur à nous si nous attrapons un oiseau ! Elle nous les arrache du bec ! Tu t'en souviens ? Quand tu habitais encore ici… tu te souviens du nombre de fois où c'est arrivé ? Elle était furieuse ! Et toi, tu la traitais d'hypocrite. Manger elle-même du poulet, et nous arracher nos oiseaux !

— Oui, je me le rappelle.

— Alors pourquoi fais-tu exactement comme elle ?

— Je ne sais pas. Je crois que j'ai changé...

— Trop changé ! fit la sœur rousse. Ça ne s'arrangera plus jamais pour toi. Maintenant, c'est bien fini : tu n'es plus ma sœur ! Va-t'en ! Va-t'en de mon jardin, définitivement ! Et veille à ce que je ne te revoie plus jamais ici !

Elle souffla un *chchch !* si méchant que Minoes s'enfuit à travers le jardin, passa dans le jardin d'à côté par un trou de la haie, et continua de jardin en jardin, tandis qu'elle entendait encore le sifflement rageur de sa sœur rousse, loin derrière elle.

Tout en errant, elle réfléchissait. « Comment est-ce possible ? se demandait-elle. Moi qui ai toujours adoré aller à la chasse et attraper des oiseaux ! Pourquoi donc ai-je fait ce geste si peu naturel, si "antichattesque" ? »

Sans cesser de courir, elle cherchait une réponse. « Je suis capable d'imaginer que l'oiseau souffre, se disait-elle encore. Je peux imaginer sa terreur. Mais alors, si je me mets à sa place, c'est que je ne suis plus un chat ! Les chats n'ont pas pitié des oiseaux. Oh ! je crois que j'ai perdu ma dernière chance ! »

Chapitre 19

Encore un chien !

Le temps changea pendant que Tibber et Bibi regagnaient leur quartier. Le vent fraîchit, de gros nuages montèrent dans le ciel, quelques gouttes de pluie tombèrent.

— Tu ne seras pas en retard à l'école ? demanda Tibber.

— Oh ! non, répondit Bibi. Il n'est pas encore huit heures et demie, tant s'en faut !

Ils arrivaient sur le Marché-aux-Herbes, et Tibber proposa :

— Abritons-nous un moment sur ce banc, sous l'arbre, c'est encore sec. Ils s'assirent et, en silence, assez tristes, ils sucèrent une pastille de menthe.

« Maintenant, j'ai retrouvé ma place, pensait Tibber. Et je n'ai plus besoin de déménager. Tout va bien de ce côté. Sauf que j'ai perdu ma secrétaire. À l'avenir, il n'y aura plus d'agence de presse des chats. Donc, plus de nouvelles rapportées par les chats. Je serai obligé de les chercher moi-même. Est-ce que j'en serai capable ? Est-ce que j'oserai ? »

— Bien sûr, que j'en serai capable ! se dit-il sévèrement à lui-même. Je ne suis plus aussi timide. Et pourtant, je ne suis pas content. Pourquoi ne suis-je pas un tout petit peu content ?

« Mlle Minoes… pensa-t-il. J'avais encore tant de choses à lui demander, avant qu'elle ne redevienne chat ! Au fait, l'ai-je même remerciée ? Non, jamais ! J'ai passé mon temps à la gronder, parce qu'elle était trop "chattesque" ! Je ne lui ai jamais payé de salaire, non plus ! Ma foi… elle n'en a plus besoin, maintenant ! »

Mais cette pensée ne le rasséréna pas le moins du monde.

« Une paire de gants !… c'est tout ce qu'elle a reçu de moi… Seulement parce que je craignais qu'elle ne griffe quelqu'un ! Si jamais elle revenait... sous forme humaine, et même si elle restait une demoiselle terriblement chatte... je ne serais plus jamais fâché contre elle. Elle pourrait griffer à son gré, et aussi ronronner et frotter sa tête contre les gens... Au fond, elle était vraiment adorable quand elle ronronnait !...»

Soudain, un chien aboya, juste derrière leur banc.

C'était un gros danois. Il se trouvait sous un arbre voisin et aboyait, tête levée.

Sans dire un seul mot, Tibber et Bibi sautèrent sur leurs pieds et regardèrent. Le chien faisait un vacarme infernal et il bondissait, comme un fou, contre le tronc.

— Carlos ! lança une voix. Ici, Carlos !

Le chien hurla encore une fois, puis il obéit.

Tibber et Bibi regardèrent en l'air, à travers la pluie qui maintenant ruisselait sur les feuilles, et, tout en haut, dans les branches, ils aperçurent une jambe et une chaussure. Au même instant, la voiture du laitier déboucha à un coin du Marché-aux-Herbes.

— Hé là ! pouvez-vous m'aider ? cria Tibber. Ma secrétaire est dans un arbre, et elle n'ose pas redescendre !

— C'est certainement à cause d'un chien, répondit le laitier. Nous connaissons ça. Ici, dans le coin, nous y sommes habitués. Attendez un peu, je gare la voiture juste dessous.

Deux minutes plus tard, Minoes se retrouvait sur la chaussée, et le laitier repartait. Elle était trempée, et son ensemble deux-pièces était couvert de taches vertes, mais peu importait. Tibber et Bibi riaient de soulagement, et tous deux passèrent le bras autour des épaules mouillées de la jeune fille.

— Formidable ! dit Tibber. C'est magnifique !... Nous avions seulement imaginé ça !... Ce n'était donc pas vrai ! Comment avons-nous pu croire une chose semblable ?

— De quoi parlez-vous ? demanda Minoes.

La pluie redoublait, et ils étaient de plus en plus trempés, mais aucun des trois ne s'en souciait.

— Nous vous avons vue ce matin de très bonne heure, *mademoiselle* Minoes, expliqua Tibber. Du moins, nous l'avons cru...

— Un chat roux, précisa Bibi, ce matin sur les toits…

— C'était ma sœur, répondit Minoes, ma sœur des quintuplés. Elle me ressemble beaucoup.

— Et aussi dans la rue Sainte-Emma, ajouta Tibber. Nous sommes allés là-bas, et nous avons revu ce chat, qui tenait une grive.

— Oui, toujours ma sœur.

— Mais nous allons être complètement trempés ! s'écria Tibber. Venez à la maison !

Et lorsqu'il dit « à la maison », il se sentit si terriblement heureux qu'il aurait voulu chanter à tue-tête au milieu de la rue sous la pluie.

— Je ne peux pas, il faut que j'aille à l'école, dit Bibi, navrée. Je ne saurai pas comment c'est arrivé !

— Viens chez nous après l'école, proposa Minoes, et je te raconterai tout.

Trempés jusqu'aux os, Tibber et Minoes remontèrent dans la mansarde, où les chats les attendaient. La Jakkepoes, Flouf et les petits chats se pressèrent autour d'eux en ronronnant et en miaulant.

— Nous allons d'abord mettre quelque chose de sec, dit Tibber. Ensuite, vous me raconterez.

Et Minoes lui raconta tout. Elle lui parla de sa sœur, expliqua pourquoi elle s'était enfuie…

— J'avais toujours envie de redevenir une chatte, lui dit-elle. Du moins, je le croyais. Et le moment venu, je n'ai plus voulu ! J'avais eu longtemps des doutes, des hésitations…

— Et maintenant, c'est fini ? demanda Tibber.

— Oui, je crois. Je ne doute plus, je n'hésite plus… Je préfère rester un être humain. Mais j'ai peur de conserver toujours un tas de choses particulières aux chats… Encore tout à l'heure, j'ai dû grimper dans un arbre, quand le chien s'est approché !

— Ça ne fait rien, dit Tibber.

— Et je remarque que je recommence à ronronner.

— Vous en avez la permission, fit Tibber. Vous pouvez librement ronronner, griffer, vous frotter la tête…

— Je n'ai pas envie de griffer, pour l'instant, mais de frotter gentiment ma tête...

— Ne vous gênez pas !

Minoes frotta sa tête contre lui, une tête tout humide, car ses cheveux roux n'avaient pas encore eu le temps de sécher.

— J'avais tellement peur, balbutia Tibber. Tellement peur de ne plus jamais vous revoir ! Maintenant, je me rends compte que cela a été terrible pour moi quand je me suis aperçu de votre disparition. Ne vous enfuyez jamais plus ! Promettez-le-moi !

— Je ne m'enfuirai plus, dit Minoes. Mais moi, j'avais peur que vous n'ayez plus besoin de moi ! Me voilà rassurée.

— C'est que j'ai terriblement besoin de toi, Minoes ! s'écria Tibber. Pas seulement comme secrétaire, mais aussi...

Il devint tout rouge.

— Eh bien, oui ! comme ça ! termina-t-il. Ici, dans la maison, auprès de moi... Tu me comprends, Minoes ?

Il s'aperçut qu'il avait cessé de lui dire « vous » et de l'appeler « *mademoiselle* Minoes », et il détourna les yeux, un peu gêné. Jusqu'à présent, c'est elle qui l'en avait toujours empêché, car elle-même l'avait toujours appelé cérémonieusement « *monsieur* Tibber ». Mais elle lui adressa un sourire, et déclara :

— J'aimerais bien prendre mon petit-déjeuner, Tibber. Toute une boîte de sardines à l'huile. Ensuite, j'irai sur le toit, car la Jakkepoes voudrait me parler entre quat'z'yeux, c'est ce qu'elle m'a dit.

— Alors, commence par elle, répliqua Tibber. Pendant ce temps, je vais te préparer un formidable petit-déjeuner, avec toutes sortes de bonnes choses !

Il passa dans la cuisine tandis que Minoes et la Jakkepoes grimpaient sur le toit par la lucarne.

— Pourquoi fais-tu cette tête ? demanda Minoes. On dirait que tu n'es pas très contente que je sois revenue !

— Bien sûr que si, je suis contente de te voir de retour, répondit la Jakkepoes. Il ne s'agit pas de ça... C'est seulement que... oh ! je n'ai plus de *respect* pour toi !... Je m'excuse, ma chère !... Mais franchement, je trouve ça un peu trop fort !

— Quoi donc ? Que je sois revenue ?

— Non, non, je pense à cette histoire de la grive et de ta sœur ! J'ai déjà vu beaucoup de choses, dans ma vie de chat de gouttière, mais encore jamais ça ! Avoir pitié d'une grive ! C'est écœurant ! Alors, tu serais aussi capable d'avoir pitié d'un poisson ! Tu vas tout de suite aller trouver le poissonnier pour lui faire tomber le hareng des pattes… oh ! pardon, des mains !… Il ne faut pas m'en vouloir… je suis un peu bouleversée.

— Oui, et ton langage est de nouveau plutôt rude ! dit Minoes.

— Je voulais encore t'annoncer que je quitte cette crèche, ajouta la Jakkepoes. Je vais recommencer à vagabonder. Mes petits mangent déjà à l'écuelle. En ce qui me concerne, on peut tranquillement les donner, ils n'ont plus besoin de moi. Oh ! à propos, j'ai encore des nouvelles pour toi, elles me viennent de mon fils, le Chat-déodorant : on n'a pas autorisé l'agrandissement de la fabrique de déodorant ! Le maire a refusé son accord. Tu le diras à ton patron.

— Merci, dit Minoes.

— Parce que je suppose que l'agence de presse des chats sera maintenue ? demanda la Jakkepoes.

— Naturellement ! Tout continuera comme d'habitude.

— Et tu vas continuer à dormir dans ton carton ? demanda encore la Jakkepoes.

— Oui, bien sûr, répondit Minoes. Pourquoi pas ?

— Bah !... je ne sais pas.

La Jakkepoes l'observa d'un air soupçonneux, de ses yeux jaunes. Elle était redevenue broussailleuse et sale.

— Tu sais... reprit-elle doucement, j'ai eu tout à coup l'impression que tu n'allais pas tarder à te marier avec lui !

— Qu'est-ce qui te fait croire ça ? s'exclama Minoes.

— C'est une impression, comme ça... répondit la Jakkepoes. Mais je t'avertis : si tu l'épouses, ce Tibber, ta dernière chance tombe à l'eau ! Jamais plus tu ne redeviendras une chatte, tu en arriveras peut-être même au point que tu ne sauras plus parler « chattesque » avec nous ! Que tu ne comprendras plus les chats, et que tu oublieras même notre *Hymne Miaou-Miaou*...

— Nous n'en sommes pas encore là ! dit Minoes en souriant.

Tibber se pencha par la fenêtre de la cuisine pour leur crier :

— Le petit-déjeuner est prêt ! Pour les chats et les humains !

— Allons, viens ! Rentrons ! dit Minoes.

Table des matières

Achevé d'imprimer
sur les presses de Transcontinental inc.